我的左脚 | 克里斯蒂·布朗 自传

我的左脚

克里斯蒂·布朗 自传

CHRISTY BROWN

[爱尔兰] 克里斯蒂·布朗 著

李灿 译

My left Foot

浙江文艺出版社
Zhejiang Literature & Art Publishing House

布朗12岁，用左脚画画

1954年,布朗与弟弟彼得和哥哥吉姆在凤凰公园
(左起第二位坐在地上的为布朗)

布朗的画作《海滩风景》

布朗的画作《古典建筑》

布朗的画作《漂浮的头》

布朗的画作《酒吧中的女孩》

献给我们的母亲

目　录

第一章　字母 A ｜ 001

第二章　母——亲 ｜ 011

第三章　"家" ｜ 019

第四章　亨利 ｜ 030

第五章　卡翠欧娜·德拉亨特 ｜ 044

第六章　艺术家 ｜ 056

第七章　同情的目光 ｜ 063

第八章　幽禁的墙 ｜ 073

第九章　卢尔德 ｜ 085

第十章　母亲建造的房子 ｜ 099

第十一章　飞机旅行 ｜ 117

第十二章　一切本应怎样 ｜ 127

第十三章　钢笔 | 141

第十四章　自豪，而非怜悯 | 155

第十五章　陈词滥调和恺撒 | 169

第十六章　献给她的红玫瑰 | 180

第一章

字母 A

1932年6月5日,我在卢坦达医院出生,在我前头出生的孩子有九个,后面还有十二个,我属于中间那拨。这二十二个孩子当中,有十七个活了下来,其中又有四个在婴儿期便夭折了,剩下我们十三个支撑起了这个家庭。

母亲生我时难产,这是我后来才得知的。我们母子都差点丧命。一大群亲戚在医院外排队等待至凌晨,他们焦灼地祈祷,希望我们母子平安。

我出生后,母亲便被送去进行为期几周的康复治疗。没有母亲陪伴的日子,我被留在医院里,那时我没有名字,因为未曾受洗,直到母亲康复后我才被带去了教堂。

是母亲最早意识到我哪里出了问题。那是在我四个月大的时候,母亲发现每当她试着喂我食物,我的脑袋都会向后倒下去。她把手垫在我的脑后,稳住头部,希望以此来纠正我。然而一旦她的手拿开,我的脑袋又会倒过去。那是最早的预警信号。之后随着我长大,母亲又发现了其他一些症状:她常常看到我的双手攥紧拧在身后;我的嘴巴无法含住奶瓶的奶嘴,即使我当时的年纪那么小,我也会把嘴巴闭得紧紧的,让母亲不能分开它们,而有时又会突然无力地松开,整个嘴巴便歪斜到一边。六个月的时候,我还无法自己起身,除非把山一样的枕头堆在我身旁;到我十二个月的时候,情形依然没有好转。

出于担忧,母亲把这一切告诉了父亲,他们当机立断,带我去看了医生。当时我一岁多一点,被父母带着穿梭于医院和诊所,他们确信我一定是哪里出了毛病,虽然无法理解或说得清究竟发生了什么,但这一切都实实在在地困扰着他们。

几乎每个见到我并给我做过检查的医生,都认定我患了某种怪病,已经没有治愈的希望了。很多医生小心翼翼地告诉母亲,我患的是某种大脑功能障碍,并会长期如此。对于一位已经养育了五个健康孩子的年轻母亲来说,这是个沉重的打击。医生们坚持母亲不应该对我抱有荒谬的信心,他们试图说服她,对于我的情况,他们已经无能为力了。

母亲拒绝接受这样的事实,这毋庸置疑的事实——当时的情形就是这样——我无法被医治、不能被拯救、已不被希望眷顾。她不能也不愿相信,我是一个傻子——医生就是这样告诉她的。在这个世上,她找不到一丝希望,哪怕是一丁点的证据证实她的信念:尽管我的身体残疾,我的大脑却是健全的。不断地有医生和专家劝她接受现实,她却始终拒绝。我想也许她并不清楚自己的信念从何而来,她只是秉持着这样的信念,丝毫不为医生的话所动。

母亲发现医生没有给她任何帮助,他们除了告诉她不要对我抱希望,就是让她忘记我是一个鲜活的生命,而仅仅当作一个需要被喂养、清洗,然后就丢在一边的小东西。这时母亲当即决定靠自己来应对这一切。我是她的孩子,是这个家庭的一部分。无论我是多么迟钝、无论我长大后怎样残疾,母亲都下决心要把我和其他孩子一样看待。她不想让我成为被藏在里屋的"奇怪小孩",或访客到来时总是讳莫如深的那一个。

对我未来的人生来说,这无疑是个十分重大的决定。它意味着母亲将会永远陪伴在我身边,帮助我对抗漫长来日的所有艰难,在我被击垮的时候鼓舞我,给予我新的力量。但这对母亲来说并不容易,因为亲戚朋友都不赞成她这样做。他们认为应该给予我善意与同情,但却不应该太过认真,那一定会是错的:"这是为你自己好,"他们告诉母亲,"如果你有时间照看其他孩子,就不要把精力花在这个孩子身上;到最后他只会让你伤心。"幸运的是,父母始终不为这些言辞所动。母亲不仅在口头上表示我不是傻子,她更是用行动去证实。这并非出于一种固执的责任感,而是出于爱。母亲也因此最终获得了成功。

此时,除了我这个"麻烦的孩子",母亲还有五个孩子要照料,尽管如此,这还远远算不上一大家子。我有三个哥哥:吉姆、托尼、帕蒂,还有两个姐姐:莉莉和莫娜,他们都年纪尚小,彼此之间相差不过一岁左右,年龄像台阶般错落有致。

四年一闪而过,我已经五岁,但却仍像新生儿一样生活不能自理。父亲外出建造房子,为我们挣来面包和黄油;母亲则一点一点地、耐心地拆掉那堵仿佛横亘在我和其他孩子之间的墙。她慢慢地、耐心地越过悬挂在我头脑中的那层厚厚的窗帘。这是一份艰难的,常常令母亲伤心的工作,因为她从我这儿得到的回馈,往往只是一个不明确的笑容,或是模糊的咯咯声。我不会说话,甚至连咕哝声都不会发出。我也不能靠自己起身,更不用说走路了。但我也并不是完全不能动弹。除了睡觉以外,我似乎总是在做出各种动作,夸张的、困难的,蛇形的动作。我的手指不停地扭动或痉挛,胳膊向后扭作一团,然后突然弹开。我的脑袋倒向一边。我就是这样一个奇怪的、患病的小东西。

母亲告诉我,有一天,在楼上的房间里,她花了几个小时坐在我身边,给我看一本故事书里的图画。这本书是去年圣诞节时圣诞老人送我的,母亲告诉我那些动物和花朵的名字,让我跟着她念,我却总也学不会。她陪着我说话、欢笑,几个小时就这样过去了。最后她靠近我,轻轻地在我耳边说:

"克里斯①,你喜欢它们吗?你喜不喜欢这些熊、猴子,还有这所有漂亮的花朵?如果你喜欢,就点点头,像个好孩子那样。"

但我没有任何反应表示我听懂了她的话。她的神情中充满了希望,把脸靠在我的脸上。突然间,不由自主地,我伸出手紧紧拽住了母亲堆落在脖颈间的一缕深色卷发。母亲轻轻地松开我攥紧的手指,她的头发还缠绕在我手上。

母亲转身离开,不顾我好奇的目光,走出房间,哭了起来。房门在她身后关上了。一切都是如此令人失望。大概亲戚们说的是对的:我是个傻子,没有人能帮得了我。

这时他们谈起了一家机构。

"绝不行!"听到这样的建议,母亲几乎是厉声回绝,"我知

---

① 克里斯,克里斯蒂的昵称。——若无特别说明,本书注释均为译者注

道我的孩子不是傻子。残疾的是他的身体,不是他的脑子。我很确定。"

确定吗?然而她在心底向上帝祷告,希望能出现一些征兆证实她的信念。她很清楚,相信是一回事,得到证实却是另一回事。

如今我五岁了,却没有任何迹象能证明我的智力。我对一切都没有表现出明显的兴趣,除了我的脚趾——特别是左脚的脚趾。尽管我每天在生活上的需求很简单,但我依然不能自理,在这方面父亲会帮助我。我常常一天到晚在厨房躺着,或者在晴朗温暖的日子,我就躺在花园里。我像是一团扭曲缠绕的肌肉和神经,被包裹在一个爱着我、对我怀抱着希望的家庭中,我于是也成为这温暖和善意的一部分。我是孤独的,被困在我自己的世界里,不能和别人交流,被隔绝,仿佛有一堵玻璃墙横亘在我和他人的存在之间。我被排除在别人的生活和活动范围之外。我渴望着和其他所有人一起奔跑、玩耍,但却无法挣脱身上的束缚。

然而,突然间,奇迹发生了!一切都在瞬间改变了,我未来的生活有了清晰可见的轮廓,母亲对我的信念得到了回报,她那不能言说的恐惧变成了可以大声宣告的胜利。

经过了几年的漫长等待和不确定,一切来得那么突然,那么容易。当时的情景我至今都历历在目,就像是在上周发生的一样。那是一个阴冷的十二月的下午,路面上的雪闪着银光,白色晶亮的雪花落在窗玻璃上、堆积在树枝上,融化时宛若熔银。风低沉地吼叫着,每一阵风刮过,都卷起一小团雪,继而摔打在地上。阴沉、昏暗的天空笼罩着大地,灰冷无边无际。

房间里,家人们都聚在壁炉旁,温暖的亮光照耀着小小的房间,炉火巨大的影子在墙壁和天花板上舞蹈。

在房间的角落里,莫娜和帕蒂靠在一起,在他们面前的是一些破旧的小学课本。他们用一支明黄色的粉笔在一块带着豁口的旧石板上写着简单的算术。我挨着他们靠在墙上,用几只枕头支撑着身体,看着他们。

那支粉笔格外地吸引了我的注意力,它细长的一根,闪烁着明黄的色泽。之前我从没见过这样的东西,在石板的黑色衬托下,它是那么的醒目,我一下子就被吸引了,好像那是一根金子。

突然间我迫切地渴望像姐姐一样。然后,在完全没有意识到自己在做什么的情况下,我不假思索地从姐姐手里一把抢过那支粉笔——用我的左脚。

我不知道自己为什么用左脚做了这件事。对很多人来说这都是个谜,包括我自己。因为,尽管我在年纪很小的时候就表现出对自己脚趾的兴趣,但在这之前,我从未以任何形式使用过我的任何一只脚。一直以来,我的双脚像双手一样没用。而那天,我的左脚,显然完全凭借它自己的意志,伸了出去并且很不礼貌地从姐姐手里抢过了那支粉笔。

我用脚趾紧紧夹住那支粉笔,然后,猛地在石板上画了一道。但紧接着我就停住了,有一点茫然、惊讶,我看着自己脚趾间的黄色粉笔,不知道接下来应该拿它做什么,也不知道它怎么到了我脚上。然后我抬头,发现每个人都不再说话,沉默地看着我。大家一动不动。莫娜黑色的卷发贴在她胖乎乎的小脸上,张大着眼睛和嘴巴盯着我。在壁炉旁空地的另一头,他的脸被炉火照亮着,那是我的父亲,前倾着身子,双手摊开在膝盖上,耸着肩膀。汗滴在我的前额爆出来。

母亲手里端着一个蒸锅从厨房走出来。到桌子和壁炉中间,她停下来,感觉到了房间里充斥的紧张气氛。顺着大家的目光,母亲看到了角落里的我。她的目光从我的脸上落到我夹着粉笔的脚上。母亲放下了锅。

接着她走到我跟前,在我旁边蹲下身子,就像曾经很多次做过的那样。

"我来告诉你怎么用它,克里斯。"她说。似乎出于某种心底里的激动,母亲的脸上缓缓地、断断续续地闪现着一种奇异的红色光泽。

从莫娜手里拿过另一支粉笔,母亲先是犹豫了一下,然后非常认真地,在我面前的地板上,写下了一个字母 A。

"你照着写一个,"母亲平静地看着我,说,"你照着写一个,克里斯蒂。"

我没有动。

我环顾四周,看着那一张张望向我的脸,那些紧张、兴奋的脸庞在那一刻好像都静止、凝滞了,都急切地期待着奇迹的发生。

静默笼罩着。我的眼前满是房间里跃动的火焰和影子,我紧绷的神经进入一种半梦半醒的状态。我听到厨房的水龙头滴水的声音、壁炉台上方钟表的滴答声、炉底木头燃烧的噼啪声和嘶嘶声。

我又试了一次。我伸出脚用粉笔猛戳了一笔,但只画出了一些歪歪扭扭的线条,它们什么都不是。母亲帮我稳住石板。

"再来一次,克里斯,"她在我耳边轻声说,"再来一次。"

我照做了。我挺直身板,又一次伸出左脚,第三次。我画了字母的一边,另一边画到一半时,粉笔断了,只剩下一小截。

我想放弃,扔掉粉笔。但我感觉到母亲的手放在了我肩膀上。我又试了一次,伸出脚。我颤抖着,汗滴落下来,每一块肌肉都紧绷着。我的双手攥得太紧以至于指甲都嵌进了肉里。牙关太用力,几乎要咬进下唇。房间里的一切仿佛在我眼前旋转,我身旁的一张张脸庞变成了白晃晃一片。但——我写出来了——那个字母 A。它出现在我面前的地板上。它两边的斜线歪歪扭扭,中间的横线也是歪斜的。但它的确是一个字母 A。我抬起头,望着母亲,她的脸上挂着泪水。父亲弯下腰,把我举起来放在他的肩膀上。

我做到了!这是一个新的开始,我可以尝试表达自己的想法。尽管我不能说话,但现在我可以用一种比说更恒久的方式来表达——用文字。

那个字母,那个我用夹在脚趾间的黄色粉笔头写下的歪歪扭扭的字母,为我打开了一个崭新的世界,它是我通向精神自由的一把钥匙。它为那个渴望表达而舌头打结的、终日紧张兮兮的小东西带来了某种解脱。

第二章

母——亲

在教会我用脚写字母 A 之后,母亲开始用类似的方式教我整个字母表。既然教我说话行不通,母亲就决定利用这个奇妙的契机,教我用文字和这个世界沟通。

我清楚地记得母亲是怎样开始教我写字的。只要她不被家务缠身,母亲就把我带到前屋的卧室,花上几个小时,一个字母一个字母地教我。她拿一根粉笔,把字母一一写在地板上,然后用一块布把它们擦掉,让我凭借记忆,用脚趾夹着粉笔,把这些字母重新写出来。这对我们母子来说都是一项艰难的工作。常常是母亲在厨房做着饭,我大喊一声她就会出来,看我是不是把单词拼写对了。如果我写错了,母亲就会跪下身来,往往手上还沾着面粉,教我正确的拼写方法。我还记得我会写的第一样东西,是我名字的首字母:C.B.,我常常会弄错,把 B 写在 C 前面。只要有人问起我的名字,我就会夹起一根粉笔,挥笔写下"C.B."。

很快我又学会了写我名字的全拼,而不仅仅是两个首字母。当我成功写下它们的时候,一种巨大的自豪感油然而生。这让我体会到了自己存在的价值。

这时我已经六岁,很快我就不满足于仅仅写自己的名字。我想做更多的事情——更重要的事情。但因为我不会阅读,我什么也做不了。我也并不明白能读书意味着什么。我只知道吉姆会读书,托尼会读书,莫娜和彼得也会读书,这让我也迫切地想要阅读。也许是出于嫉妒。

慢慢地,也相当困难地,我在母亲的帮助下挨个儿掌握了二十六个字母。令母亲备受鼓舞的是,每当她坐在我身边教我写字的时候,我都能够集中精力地听和看,很少会走神。

我记得那是一个冬天的晚上,我和母亲坐在炉火前一张大的马毛扶手椅上。婴儿已经在壁炉另一头的婴儿车里熟睡。只剩我和母亲在光线幽微的厨房里,父亲在外面参加一个泥瓦匠的聚会,我的兄弟姐妹们都在外面的马路上玩耍。母亲手里拿着一本彼得的课本,给我讲一些小故事,其中有李尔可怜的孩子们被继母变成了天鹅的故事①,迪尔姆德与格萝妮娅的故事②,还有点石成金的国王的故事。母亲一直讲啊讲,直到房间被阴影笼罩,全部暗了下来,小埃蒙从睡梦中惊醒,哇哇大哭。母亲起身,打开灯。神话戛然而止,魔法消失了。

认识字母只是成功的一半,因为我很快就学会把字母放在一起组成简单的单词。又过了一段时间,我开始会用单词组句子。我一直在进步。但这并没有听起来那么简单。此时,除了我之外,母亲已经有七个孩子要照顾。幸运的是母亲有了一个小帮手,我的姐姐莉莉,或者叫她"小矮子",大家都这么叫。她是我们当中年纪最大的,像个小妈妈。她长得瘦瘦小小的,长长的黑色卷发,忽闪的大眼睛。只要她愿意,她就可以很可爱——像个小天使一样。但她一行动起来,又完全不是天使的样子。她以任何女孩都难以做到的成熟速度迅速明白了母亲处境的艰难,并用行动做出回应。她忙着照顾其他孩子,这样母亲就可以花更多时间在我身上。她做饭,帮

---

① 来自爱尔兰神话故事《李尔的孩子们》,讲述了李尔的第二任妻子因为嫉妒李尔前妻生的孩子,而施法把孩子们变成天鹅长达九百年的故事。
② 来自爱尔兰神话故事《追捕迪尔姆德与格萝妮娅》,讲述爱尔兰神话中爱神的养子迪尔姆德因被施放了爱痣,使得已有婚约的格萝妮娅爱上他并和他私奔的故事。

更小的弟弟妹妹洗漱穿衣,确保大一点的孩子每天早晨上学前都会清洗耳后。也许她对此有点过于狂热,因为吉姆和托尼常常面带愧色地溜进厨房,耳朵肿胀、眼圈青黑着,当然这是小莉莉家务做得格外认真的证明。

我仍然不能正常说话,但现在已经可以用一种家人多少可以理解的咕哝的方式和他们交流。

每当我遇到麻烦,而家人又不理解我在说什么的时候,我就会指向地板,用我的左脚写下一些词句。如果我不能正确地拼写出我想说的词语,我就会乱发一通脾气,但这只会让我的表达更不清楚。

尽管七岁的时候,我还算不上会说话,但我已经可以自己坐起来,从一个地方挪到另一个地方而不损伤到我的骨头,或是打碎妈妈的瓷器。我总是光着脚。母亲在我很小的时候,就尝试过让我适应脚上穿些东西,因为她说我光着脚看起来像被冷落了一样。但每当她往我脚上套任何东西的时候,我都会迅速地踢掉它们。我讨厌自己的脚被束缚住。当母亲在我的脚上穿上鞋或袜子的时候,那感觉就像是普通人的手被绑在身后一样。

随着时间推移,我的一切行动都开始越来越依赖于我的左脚。这也是我和家人最主要的交流方式。慢慢地它成了我最不可或缺的工具。我用左脚学会去打破和其他家庭成员之间的屏障。它也是我唯一的钥匙,去开启那扇囚禁我的监牢的门。

我已经习惯于在地板上写下东西,然后吐上唾沫,拿我的膝盖把它擦掉,之后再凭记忆重新写出来,就像母亲教我时那样。大约是在我六岁半的一天,哥哥因为打橄榄球扭伤了手腕,一个医生上门来给他看病。医生从楼上下来的时候,看到我用脚夹着粉笔在地板上写字。他觉得难以置信,于是开始向母亲问一些关于我的问题。母亲急于向他表示我理解他们说的所有话,就把我放在桌子上,告诉他可以让我写些东西给他看。他想了一会儿,然后从包里掏出一个大的本子,递给我一支红色铅笔,让我写下自己的名字。

我用脚趾夹过铅笔,把本子挪到我这边,稳住身子,慢慢地在白页上用大写印刷体写下我的名字。

"真是不可思议!太令人震惊了,布朗夫人。这真的是——"他刚一开口,就惊讶地打住了,母亲充满困惑的脸也唰地红了,因为就在我犹豫了片刻之后,我就往写字的那页纸上吐了口唾沫,用力地擦拭着,很费解为什么不能像擦粉笔一样把铅笔字擦掉。

医生爽朗地笑了一声,以此回应了母亲的歉意。他拍拍我的脑袋,夸我是个好孩子。那之后的很多年,他都常常来看我,认真观察着我的进步。

与此同时,我的家也在发生日新月异的变化。楼梯的台阶越垒越高,我也在长大。我的身体在长高长胖,心智也在变成熟。母亲发现我已经过了学 ABC 的阶段,她快要教不了我了。我也不满足于只是坐在那里听母亲给我念书。我迫切地希望自己能像彼得和莫娜那样自己读书。我也急切地想向他们展示,他们能做的事情,我一样可以做到。我开始用铅笔代替粉笔写字,但还是没有习惯用钢笔。有一次,一群邻居围在我身边,满怀期待地看我试着用父亲那支最好的钢笔写我的名字,然而令母亲尴尬的是,每次我尝试用钢笔写的时候,除了在纸上乱戳一气,什么都写不出来,于是就生气地把钢笔丢开了。

哪怕知道不可能让我像其他孩子一样去上学,母亲还是很忧虑,怎样才能在这方面最好地帮到我。尽管母亲欣慰地看到我的心智是相当正常的,她还是很担心,怕我长大后会因为知识的匮乏而导致智识和身体上的发育迟缓。这种恐惧长久地困扰着她,折磨着她。这并不是因为想到自己的儿子将来可能会成为文盲或残疾人而感到羞耻,而只是意识到当我长大以后,这些缺憾对我来说会是多么的致命。不管在什么方面,母亲都努力做到对我和兄弟姐妹们一视同仁。鉴于我不能去学校,她就靠自己的努力来弥补。但母亲也没有很多时间或机会每天照看我,光是努力拉扯我们长大、度过经济萧条期以及生病的日子,还有各种各样的困难,她就已经忙得不可开交了。有时在母亲的脸上很难看到笑容,但更多的时候,她总是努力让我们看到她的笑脸。

母亲忙的时候,我就自己学习,每当遇到新的单词,我都试着把他们拼写出来。我也常常试着把身边看到的一切拼写下来,比如火、照片、狗、门、椅子,等等。每掌握一个新词,我都很为自己自豪,我把它们写下来给母亲看,就好像自己是个知识渊博的学者一样。

一天,我格外努力地学一个新的单词,是在彼得的课本上看到的。最后终于掌握了它,我就去找母亲。那时她正坐在炉火旁的一把椅子上,怀里抱着我年幼的弟弟。天色已晚,四月昏黄的日光在地板上投下影子,也照亮着红木小桌锃亮的桌面,桌面上坑坑洼洼的裂痕被映照得格外清晰。晚茶的时间还没到,所有的孩子都在楼上玩学校里新学来的游戏。我蜷在沙发一角,面前摆着一本彼得的书,左脚握着笔。这一天,绝望的我因为无法独自写出这个单词,焦急地找了母亲很多次,看她坐在哪儿。但当我看到她在椅子上轻轻地摇晃着胸前抱紧的婴儿,我就转过身去,朦胧地感觉到,我一定有办法不靠母亲帮助,自己把这个单词写出来。

几分钟过后,我猛地发出一声欢呼,母亲被吓了一跳,小宝宝在她怀里不安地扭动着。

"怎么了,克里斯?"她问我,"你把宝宝吵醒了。"

但我没有在意,我用自己特有的咕哝声叫她赶紧到我身边来。

"是不是学会了一个新单词?"她一边说一边走过来,坐在沙发的一角,婴儿在她怀里睡着了。

我咧嘴笑了,拿起铅笔,写下了困扰我许久的一个词。写完后我仰头望着母亲,期待着她的赞许,我看到她沉默地盯着我在纸角写下的东西。她就那样一动不动,陷入了沉思,时间太久以至于我都紧张起来。我用脚碰了碰她。母亲回过神,手放在我身上,露出笑容。

我学会写的这个新单词是:母——亲。

第三章
"家"

如今我七岁了,在兄弟们的帮助下,我开始和同龄的孩子一起玩耍。当他们放学后到街上玩的时候,就会带上我。我坐在一个锈迹斑斑的学步车里,他们说这是我的"战车"。在六月温暖明亮的暮色中,或是十二月阴冷的夜晚,每当他们拖着我奔跑在被街灯照亮的马路上,或穿过夜色昏沉的小巷,车子那破旧、变形的把手和车轮就会嘎吱作响,就这样,我在这辆小车上度过了人生中最美好的那些时光。

很快我也有了一群快乐玩耍的小伙伴。都是邻居家的小孩,他们年纪还小,真诚地接纳我作为他们当中的一员,并不向我提出任何问题。他们和我一起长大,也就比那些从来没见过我、没和我接触过的男孩更容易玩得起来。而事实上,他们中的许多人甚至把我的残疾看得颇有些神圣感,所以也以一种不同寻常的、孩童的方式尊重我、顺从我。

这时我的身体也好了很多,不再需要枕头支撑背部就可以在小车里坐起来。当他们推着车子急速转弯的时候,我因为翻车摔倒过很多次,我尖叫呼喊着翻滚到地上。但很快我就习惯了这样摔跤,即使摔得最惨的时候,也不过是擦破点皮,或划伤几道。但这让我体验到了极大的兴奋和刺激感。

在家里,吃饭是头等大事。对我们这些孩子来说,饭点永远不嫌早。我们耐心地等候母亲布好餐桌,然后就径直奔向它。我也加入了冲刺的队伍,高声叫喊着、挪动着屁股冲向餐桌前。我常常是第一个到那里,占据一张椅子前面的位置,直到有大一点的孩子过来,把我放在椅子上。然后战斗就开始了——我们比赛谁能吃得最多。在这个过程中,喝的东西是被忽略不计的,我们的主要目标是看谁能尽可能多地把面包和黄油塞进肚子里,只要没把肚皮撑破。当然,我不能自己吃饭,但这也无法阻止我斗志高昂地参与到这些餐桌大战中。父亲或母亲会坐在我身边喂我。他们负责拿起面包塞进我嘴里,他们的双手常常因为不停地重复这个简单的动作而疲惫不堪。

"我们这是要把利菲河①都填满了。"父亲一边抱怨,一边把手伸到面包盘子里,这可能是他第七或第八次重复这个动作了。

我们都想把其他人打败,尽管每个人都战绩辉煌,但赢的总是彼得。每当母亲问起:"吃了多少了?"我们都异口同声地大喊:"三片。"

用过晚茶,如果不打算出门,我们会在一起玩捉迷藏的游戏。每当这时,父亲看到我们准备就绪,就会立马从椅子上起身,扔下报纸,穿上外套,戴上帽子,告诉母亲他要出门:"他们都上床了我再回来!"

我们会抛一枚半便士的硬币,并高喊着"正还是反"来决定我们当中的哪个会扮演盲人。然后会有人找来一条旧围巾或一只羊毛袜子,把被选中的这个人的眼睛蒙上,游戏便开始了。大家都围着眼睛被蒙住的人跑起来,如果有人轻拍了他或推他一下,他就会茫然地往空中挥手,试图抓住在他眼前晃动的胳膊或腿,这时大家会大笑起来。这是个非常温柔的游戏。

有时候扮演盲人的角色会落到我头上,他们用围巾蒙上

---

① 利菲河,爱尔兰一条流经都柏林市中心的河流。

我的眼睛,过了一会儿,等他们找到了藏身的地方,就会大喊一声:"好了!"

我会先屏气凝神,等听到哪里有吸气或轻笑声的时候,就借此判断大家藏身的方向,然后小心翼翼地,沿着声音的方向挪动身体,直到我来到目标地点。接着我伸出左脚,勾紧脚趾,捉住彼得的裤脚或莫娜的裙子。一旦我抓住了他们,就会把这人拽向我,用双腿勾住他们,直到对方大口喘着气喊出来:"我——投降!"这时我就松开他们,眼罩被人摘下,传给下一个人。

有一次,是一个万圣节的晚上,我马上就八岁了,父母都不在家,我们叫了一群小伙伴来办一场小型聚会。那天晚上,整间屋子都是我们的,因为有太多人要来了。我的三个姐姐带来了她们的同伴,这样就有七个女孩,男孩的数量差不多是女孩的两倍。大家都装扮起来,穿着奇怪的衣服,戴着可怕的面具。我们简单地吃了点苹果、坚果还有其他的东西,就开始玩捉迷藏。我觉得自己一定能赢,因为我听到了其中一个女孩——一个十二岁的胖姑娘,名叫莎莉,她的小脸红扑扑的,一头黄褐色的卷发——告诉莫娜她要藏在餐具间的水缸里,没有人会想到去那儿找,因为缸里常常是装满水的。然而那个晚上,水缸是空的,莎莉以为自己找到了绝佳的藏身之地。

在莎莉藏进餐具间之前,我就以最快的速度爬进黑暗的餐具间,藏在搪瓷大水缸底下。那底下塞了很多废弃的杂物,像旧靴子、衣服、啤酒瓶之类的,我稍一动弹,一把旧伞就会戳到我的肋骨。但我还是忍住了。几分钟后,我听到有人进来,向水缸的方向走过来。厨房门微开,借着从门缝里透进的一点光亮,我窥见两条白皙的小腿,脚上穿着凉鞋,我知道这是莎莉。

我听到她爬进水缸,但并没有像我以为的那样用盖子盖住,我心想她真是笨极了,因为即使房间昏暗,但如果有人进来,也很容易看到她,毕竟她穿着一条白丝绸的连衣裙。

又过了几分钟,的确有人来了,通过铆钉靴撞击地板的声音,我判断是个男孩。我等的就是这一刻,因为我计划大喊一声,让他们在莎莉逃跑前就抓住她。我深吸一口气,正准备喊,但下一刻,铆钉靴就大步走到了水缸旁,一个声音——我通过声音认出是查理,我们小伙伴中的一个——悄声说:

"莎莉——你在这儿吗?"他说。

"查理?是我,我在等你呢。"莎莉立刻回答道,然后又小心地补充了一句,"别弄出声响。"

"我不会的。"他说。然后他跃过水缸的边缘,纵身落进缸里。接着我听到盖子在他俩头顶盖上。

我从藏身的地方爬出来,感觉脖子扭伤了,我坐在水缸旁边,侧耳倾听。从水缸里传出了咯咯的笑声和强忍住的大笑。我又爬近了些,让耳朵靠近盖子的缝隙,只隔开大约两英寸。这样我就能听得很清楚了。

"爱我吗?"我听到莎莉问,随即是她轻声的笑。

"当然。"查理郑重其事地回答,伴随着两人低声的亲吻。

我厌恶地转身离开了,因为我坚信,查理不跟男孩子待在一起,而和女孩在一起,一定是个胆小鬼。我向门口的方向爬去,但却突然想到一个主意。

我又爬回水缸旁,在黑暗中微微一笑。我蹑手蹑脚地爬上水缸的一侧,尽可能贴近往水缸注水的两个水龙头。我应该弄出了一些声响,但里面的两人大概太投入了,完全没有听到我的动静。

我的双手不能用,但以我此时的姿势,脚也用不上。于是我又把身体往前探了些,用额头抵住其中一个水龙头,慢慢地用头旋开把手,这弄得我很疼。但水龙头马上被打开了,水奔涌而出,流进缸里。

我跳下来,冲向门口,像蜘蛛一样飞速往外爬。我听到背后水缸的盖子被掀掉,可怜的莎莉,一边和查理往外爬,一边惊叫着"妈妈!妈妈!"没等他们弄干净眼里进的水,我已经及时地溜出门外,躲进了厨房。

那之后,莎莉和查理就再也没有到我们家来过。

圣诞节对我来说总是一段愉快的时光,即使家里常常并没有很多东西用来庆祝。但不管多么困窘,圣诞老人总是带着他五彩斑斓的礼物前来——那些明亮的彩色包装纸让小礼物看起来仿佛很大一只,我们都兴奋无比。我们常常展开一层又一层的包装纸,才能发现躺在里面的小玩具。它们都很便宜、平平无奇,从那些没有人听说过的都柏林的小路边上或隐蔽在小角落里的同样廉价、不起眼的小商店里买来。但是当这些礼物在圣诞节的清晨出现在我们枕边,它们的意义就远远超过了那些昂贵的火车套装或玩具摩托车。

圣诞节前夜,每个孩子都会早早地上床睡觉,除了我。母亲租来一个收音机,为它每周要花费半克朗①,由于我不能像其他人一样去做弥撒,每到圣诞前夜,在午夜之前我都一直醒着,从收音机里听来自卡梅吉-麦那教堂②的圣灵神父们做大弥撒。母亲教过我做祷告,现在我已经能听懂一点从收音机里传来的弥撒内容,但我还是不能完全理解牧师说的话,尤其当我听到一种奇怪语言的时候——父亲告诉我那是拉丁语。

---

① 克朗,1549—1967年间流通的一种英制货币,相当于两先令六便士。
② 卡梅吉-麦那教堂,位于都柏林的一座圣灵教堂。

我常常问自己，为什么牧师祷告时用的都是拉丁语。彼得说那是因为先知们只讲拉丁语，上帝是不懂英语的。

当我长大一些的时候，母亲努力想让我对天主教教理感兴趣，但这我来说远没有李尔王和他的天鹅孩子们更有吸引力。母亲告诉我上帝用七天创造了这个世界，我听她讲着，没有问任何问题。而当她给我讲李尔的故事时，我问了一堆问题，比如孩子们是怎么变成天鹅的、他们的继母为什么要这样做，等等。我觉得这种故事才更有趣。托尼说上帝创造了世界上的一切的时候，我说他是大骗子，因为父亲告诉过我，只有泥瓦匠才会盖房子，而我知道，上帝并不是一个泥瓦匠。

托尼是个野孩子。无论在家里还是在外面，他总是惹麻烦。他有点像罗密欧，周围的女孩子总是围着他转，但他一点都不在乎她们，哪怕是南希，那个被公认为美人的女孩。托尼是我们所有人里最帅的，高个子，肤色白皙，非常强壮，性子急躁，有着卷曲的黑头发、宽大的手掌，笑起来会露出洁白的牙齿。家里的每个人都有点敬畏他，我更是把他当作我心里的大英雄。

我曾经帮托尼脱离过一次困境。那时我即将八岁，托尼快要十三岁。他和一个朋友因为什么事情争执，就开始互相殴打对方。托尼把朋友打倒了，有人就去向父亲告状，结果托尼被结结实实地打了一顿，关禁闭一个星期。

第二天就是万圣节了,大家都攒着钱买烟花,期待着即将到来的快乐时光。但是父亲很固执,一定要把托尼关在家里,他必须"得到教训"。没有商量的余地。

可怜的托尼快要疯了,但家里没人能帮得了他。

"我要是有把该死的钥匙就好了!"托尼在卧室的门后嘶吼着,但没有人理他。

我对大家很生气。我想帮托尼,想让他们知道我有这个勇气。我也不太清楚应该怎么做,但我知道钥匙就在母亲的围裙口袋里;我曾经听到父亲告诉她把钥匙放在那里是最安全的。

问题在于怎么拿到它。

我想到一个主意。虽然我并不是很喜欢这个办法,但这却是我唯一能做的。

我爬向母亲身边,她正坐在沙发上给父亲缝工作服。我把脑袋靠在母亲腿上,深沉地叹了一口气。母亲抬头,奇怪地看着我,感觉这不像我。因为我平时并不多愁善感。

"怎么了,这么累吗?"母亲问,她放下手里的针线。我疲倦地点点头,她弯腰把我抱起来,放在她的腿上。

"我们给你唱一首歌,召唤来沙子精灵①。"说着,母亲开始

---

① 沙子精灵,流传在西方和北欧民间童话里的精灵,他会把沙子吹进人们的眼睛里让人睡着,并带来美梦。

唱一些伴人入睡的古老的爱尔兰歌谣。

我闭上眼睛,几分钟后我发出鼾声,很是令人信服。然后我小心地将左脚移向母亲的围裙口袋,停住,接着继续移动,直到它伸进口袋里。我仔细地摸索着口袋里的东西。里面有各种琐碎的小东西:剪刀、纽扣、线卷。就在我几乎要放弃的时候,我的脚趾突然触到了一个冰凉的金属物,我找到了钥匙。我用脚趾夹紧它,慢慢挪动,离开母亲的口袋,我的脚始终紧紧地夹着钥匙。

我非常小心地、悄悄地进行着这一切,母亲丝毫没有怀疑。她只觉得这是我睡梦中自然的举动。

过了一会儿,她把我轻轻地放在沙发上,拿一件旧外套给我盖上保暖。她一边轻声哼唱着,一边走进餐具间准备晚餐。

母亲一离开厨房,我就把外套扯下,从沙发上溜下来,以最快的速度爬到门口。很幸运,门是开着的,我顺利来到客厅,像只螃蟹一样倒着爬上楼梯,这样才能顺利上楼而不扭断我的脖子。

我用左脚敲着卧室的门。从里面传来哥哥警惕的声音。

"谁在外面?"我努力让他知道外面是我。"你想干什么?"他问我。

我咕哝着表示我有钥匙。突然屋里传来哐啷的一声,下一秒托尼和我就已经俯身趴在了门的两侧,透过门缝我们看到了彼此。这是我们人生里第一次也是最后一次四目相对。

"太好了!你能从门缝把它丢进来吗?"托尼悄悄地说。我试了,但是门缝不够宽,钥匙进不去。它堵在了半路。

"我有办法!"哥哥一脸认真地说。他从裤子口袋里掏出一把折刀,开始刮门底部的木头,直到缝隙足足有半英寸宽。

"再试一次!"他对我说。我把钥匙又往里扔,这次它顺利地过去了。"太棒了!"哥哥欢呼道。我听到他从地上起身,几秒后,门锁打开了,托尼走了出来,脸上挂着大大的笑容。

他弯腰拽了下我的耳朵。"你是好样的,克里斯,"他说,"比他们强多了!"

然后他以短跑运动员的速度飞奔下楼,在楼下停住,冲我挥手微笑,下一秒就打开前门出去了。

我爬下楼梯,悄悄地来到厨房,爬回沙发上,母亲还在餐具间里忙着做晚饭。她一直没有注意到钥匙没了。

"这门怎么了?"后来,当父亲看到门上被托尼削去的那块,他生气地问道。

"是老鼠。"托尼一边说,一边跪下念起他的祷告词。

第四章
亨利

八岁的时候,那辆破旧的学步车依然是我的战车。我驾着它四处巡游俨然是个国王。事实上它只是个丑陋、破损的物件,没有人真的当回事。它常常被踢上一脚,被撞翻、推搡,或践踏。每个人都嘲笑它。然而它是我珍爱的宝贝,仿佛有了生命一样。就好像有什么特别的尊贵之处,只有我才懂得欣赏。我叫它亨利。我坐着它,平生第一次看到外面的世界,坐垫里的羽毛还露了出来。我还记得那天,当他们推着我飞驰过繁忙的街道,我的脸上感受到了湿润的风;我还记得一个冬天漆黑的夜晚,当哥哥们坐在路灯下和同伴打牌的时候,我坐在小车上,路边水沟里水流潺潺,灯光照下来,宛如黑暗中的金色河流。

"老亨利"就是我的王座。乘着它,我才和别人一起体会到兴奋与冒险。大家走到哪里都带着我,甚至每个周末都带我去当地的电影院。我的大哥吉姆背着我进去,我看到其他的孩子都盯着我看,这时吉姆就会让他们"滚开"。但我并不会多想,因为哥哥背着我,对我来说是理所当然的事情。从我记事起,我就常常趴在别人背上。并没想过为什么。

我喜欢去看那些"动画"。我喜欢当灯暗下来,整个电影院陷入黑暗,一束细长的光柱从身后穿过我们头顶,落在荧幕上,荧幕被激活,刺眼的光亮,接着是突然的安静,动画就开始了。

有一次,当我们在电影院的时候,彼得和几个朋友想让我吸烟。他们正拿着一包烟尝试,这还是彼得在当天的早些时候从父亲的口袋里偷出来的。但当他们把烟放在我嘴里,还没顾上点着,我就立刻嚼起来,整个儿吞了下去!彼得惊恐地看着我,以为我会脸色发青或吐出烟草,但我只是咧嘴一笑,张开嘴还想要。但他再也不给我了!

夏天来了。墙边一小排勿忘我倔强地探出了脑袋,星星点点的小花蓝白相间,偶尔点缀些红色。隔壁邻居家的花园里,高大的树木已经缀满了淡绿色的叶子。在阳光的照耀下,树干上湿漉漉的苔藓上点缀的露珠散发出宝石一样的光芒。外边的马路上,苍蝇嗡嗡地围绕在垃圾桶上方,不时地在那些在门口台阶上打盹的,或蜷曲在花园里的大狗的脑袋上扑闪着翅膀。

这种天气去电影院就太热了,一不小心就汗流浃背。因此我的哥哥们给"老亨利"来了个彻底的清洗,然后带我到都柏林的郊区漫步。或者,在周末的时候,他们就带我去凤凰公园①,我们在草地上躺一整天,然后到下面的唐纳利②谷去。我们在那里燃起火,用一个生锈的旧铁罐煮茶,一边大口嚼着三明治,一边讲一些离奇的故事,直到天渐渐暗下来,我们也就该回家了。

这些小小的出行对我来说充满了乐趣。哥哥们推着我走的时候,路人有时会停下来盯着我看。但我对这些并不在意,因为我不知道他们为什么会看我。我的脑海里有时也潜藏着一个想法,可能我哪里有问题,所以人们才会用那种异样的目光打量我。但这个诡异的想法吓到了我,我尽力不再去想它。我只想快乐,我的哥哥们都看得到,我很快乐。

我还记得一次短途旅行,是在我八岁半的一天,我们一起

---

① 凤凰公园,爱尔兰都柏林的一座城市公园,也是欧洲最大的公园之一。
② 丹·唐纳利(Dan Donnelly, 1788—1820),爱尔兰拳击手,也是历史上臂展最长的拳手,唐纳利谷是他生前最喜欢的拳击场所。目前这里树立着唐纳利纪念碑。

到都柏林市外的郊区。那是在九月,一个明媚温暖的周日上午,我们大约在十点动身。前一天晚上,"老亨利"被特意上了油,打磨得锃亮。于是,这天上午,它发出的吱呀声就不再那么刺耳。在阁楼上,彼得把书包里的书都倒了出来,往里面塞满了三明治和一个九便士的瓶装酱料。还有两瓶牛奶塞在了我的车子的坐垫下面。每次小车颠簸的时候,它们都会戳到我的背。我们一共五个人:我的两个哥哥、两个小伙伴,还有我。我们都穿上了周日的衣服,彼得甚至还从托尼那儿搞来些发油,抹在头发上。"我现在是不是像克拉克·盖博[①]?"他一边说,一边对着挂在床前墙壁上的镜子打量着自己,镜子上沾满了灰尘和苍蝇的痕迹。话声未落,楼梯上传来一声脚步声,我们听到托尼一边上楼一边自言自语。

"我要躲起来!"彼得一边小声说着,一边钻进了床底下。门开了,托尼探头进来。

"看见彼得了吗?"他问我们,同时往房间里瞧着。

"去做弥撒了。"帕蒂整理着他的领带,漫不经心地回答。

"他又偷了我的百利发油。"托尼下楼时生气地吼着。

"他走了吗?"彼得从床下瞄了一眼,悄声问。

---

① 克拉克·盖博(Clark Gable,1901—1960),美国著名演员,主演电影《乱世佳人》《一夜风流》等。

"对——但他要是抓到你,一定会杀了你!"帕蒂警告道。

"这底下全是灰。"彼得说。他拍打着身上的灰尘站起来,一如既往地不在乎。

终于,我们出门了,几个小时后来到了一条山涧的岸边露营。我坐在溪流边,看着水中斑驳的日影,小鱼在溪底的水草间如光影般飞快地穿梭。一群这样小小的银色生物聚集在了我身体下方的一块倾斜的石板四周,我迅速地踢掉凉鞋,左脚伸进水里,想用脚趾捉住一只。但我对鱼的习性太不了解了,它们瞬间像一束光带一样游向对岸,水中激起涟漪,我的脚再也追不上了。

这一天过得很愉快。帕蒂和附近田里的一头牛成了好朋友。那是一只又大又胖、眼神慵懒的棕色动物,它长着一条巨大的尾巴,像绳子一样缠在后腿上。

"我要给她挤奶!"帕蒂这样说的时候,我们都嘲笑了他。但他在这头老牛的耳边悄悄说了些甜言蜜语,终于让她安静地站在了那里。帕蒂在一棵树桩上坐下,把一个铁罐放在牛身下,然后冲我们咧嘴一笑。"你们瞧吧!"他说。

我们凝神观看,但他刚把手放在了牛的乳房上,这头牛就用后腿愤怒地踢了一脚,给帕蒂摔了个四脚朝天。然后就刷刷地甩着尾巴走远了。

"不管怎样,她总归是母的嘛!"帕蒂说。我们哄然大笑。

天色已晚,我们启程回家。但才到半路,我们就已经饥肠辘辘了。大概两个小时前,我们带的食物就吃光了,只剩下一些空的牛奶瓶。暮色笼罩下来,我们还有很长的路要走。我的情况还好一些,虽然也很饿,但我不需要像其他人一样走路:只要坐在那里,大家就会轮流来推我。

"我饿死了。"彼得抱怨说,他的肩膀耷拉着。

"闭嘴吧,我也饿。"帕蒂咕哝着回应,大踏步地走着。

帕蒂说彼得应该带更多的三明治出来;他应该想到大家都很能吃。彼得骂了他一句。

我们都很低落,但在经过一个转弯的时候,突然间,眼前出现了一幢乡间大别墅,它有一扇铁门,四周是坚实的水泥墙。别墅的前院种满了果树,树枝伸出院墙,缀满了各种各样诱人的果实。我们猛地停住脚步。

大家先看了看这些果树,然后面面相觑。

"我饿了。"彼得又一次声明,眼神贪婪地盯着那些苹果和梨子。

"我也饿了。"我们的一个同伴也说道,他用手背蹭着嘴巴。

"我也是。"又有一个人附和道,他一边轻轻地摸着自己的肚子。

彼得小心地环顾四周。"附近没人,"他对我们说,"或许你们可以把小车推到墙边,我站在上面——"

我们都觉得这是个好主意,只有帕蒂没应声,他是我们当中年纪最大的,想保留些尊严,但也并不坚定。其他人都看着他,希望他能带头行动。

"那么,"彼得看帕蒂不说话,于是很不耐烦地问,"我们到底怎么办?"

我的哥哥不安地走来走去,清了清嗓子,以一种绝望而庄重的声音说:"第七:不可偷盗。①"

"胆小鬼!"其他三个人生气地喊着,便冲向了院墙。其中一个弯腰,用腿抵住墙,彼得爬到他的肩膀上,摘了水果递给另一个人,这人站在下面,铺开外套像毯子一样接住水果。

帕蒂也忍不住了。他把我的小车推到墙边,爬上车子的一边,伸手就可以够到那些红彤彤的苹果和黄褐色的梨子。

"好了,足够了——不要太贪婪。"彼得说,他已经摘到了一大捧苹果和梨。他们爬下来,数了数我们中间的这些水果,之后便坐在路边的草地里吃起来。

---

① 语出《圣经·出埃及记》20:15,为十诫之第八诫,这里应是帕蒂错记为第七诫。

"这些足够支撑我们回家了。"彼得说着,喂了我一只梨子。

"我们将来忏悔的时候必须把这些事情讲出来。"帕蒂虔诚地说道。

"这并不是真的罪过,"彼得说,大口嚼着他的苹果,"没有人会发现它们——"

"有人来了?"鲍勃问,他是我们的两个同伴之一,他像只小狗一样歪着脑袋在探听动静。

我们听到了从转弯那里传来的脚步声,越来越近。

彼得冲我们眨眨眼睛,蹑手蹑脚地走到拐角处,小心地四处张望。然后上气不接下气地跑回来。

"惨了——是警察!"他气喘吁吁的。

帕蒂的脸都绿了。他看上去已经无法动弹。"我们怎么办?"他绝望地问。

"快跑!"鲍勃说着就跑起来。

"不能把克里斯留在这儿!"脚步声越来越近,彼得插嘴道。接着他想到一个主意。"快,"他对大家说,"把所有东西都藏到克里斯的坐垫下面!"

已经来不及多想。只用了几秒钟,他们就收起了所有的水果,一边把我半拖出车子,一边把水果塞进破旧的车座下面,然后把我塞回垫子上。

警察走过拐角,看到了我们,慢悠悠地向我们走来。

"晚上好,小伙子们,"他笑着说,拍了拍我的脑袋,"小家伙,在外面太晚了,是不是?快八点了。"

其他四个人努力保持着镇静,但还是焦躁地像母鸡一样来回捯着脚。

"快带他回家吧,孩子们,"这位友善的警察说道,"不要再耽搁了。再会。"说完他就离开了,沿着我们来的路走上去,慢慢走远了。

等警察远离了视线,大家把苹果和梨掏了出来。这些水果看上去已经变形了。

"噢——把它们送回去!"看到它们,帕蒂低声吼道,"上帝不喜欢我们偷东西。"

于是大家满心悲伤地把这一大堆黏糊糊的水果隔着墙扔回院子里,我们又开始上路了。回到家已经差不多十点,我们都感觉像被抽空了一样。

"今天玩得好吗?"我们走进大门的时候,母亲问道。

彼得看着帕蒂,帕蒂也看着彼得,他们又都看向我。

"还不错。"彼得说,然后就走了。

第二天我们的精神好了些,托尼和吉姆带我到离家不远的一个河边看他们游泳。天气温暖潮湿,没有阳光,但是有一种沉闷、压抑的温热使空气凝固起来,仿佛触手可及,带给人强烈的压迫感。

我们来到河边,那里已经聚集了一大群孩子,有的在水里游泳,有的——大部分是女孩——把裙子和围裙①撩到膝盖以上,在浅水的地方嬉戏,还有人躺在岸边的草坪上晾晒着身上的水,互相丢着鹅卵石。空气里充满了欢笑和尖叫声,他们互相往对方身上泼水,路边也都溅满了水。还有很多人在桥上饶有兴致地观看。

我的两个哥哥把我放在了一个能看到所有风景的地方。随后他们在桥下脱掉衣服,换上泳衣,就潜入了水里。

我观察着这一切,在喧闹和兴奋之间,我感到了炎热、黏腻,心中还有一丝嫉妒。我想扯掉我的衣服,像哥哥们那样纵身跃进水里。

突然我感受到一种和我第一次写下字母"A"时类似的心情——一种异样的冲动,暗暗的决心,我也想做别人能做到的事情,体验他们的感受,了解他们所了解的东西。我急切地想要到水里去。

---

① 围裙,pinafore,一种像围裙一样的无袖连衣裙,穿在裙子外面,为了保护衣服的干净。

一小会儿之后，托尼从岸边爬了上来，他的身上闪闪发光，头发粘在脑门上。我冲他喊了一声，他便向我走来。我用自己特殊的咕哝的语言，告诉他我想游泳。

"遨泳①——你开什么玩笑！"他大笑着说。我很坚持。"但你会淹死的！"他告诉我。

无论托尼说什么都不能动摇我到水里去的决心。我就是那种什么都想尝试的孩子。"好吧。"他说。但当大哥吉姆听到的时候，他表示这可和他没什么关系。他绝不会帮托尼给我脱衣服、换泳衣。

"那把你的泳衣给我，"托尼要求道，"他总不能光着下去。"

他带我到一块相对安静的地方，在一片灌木丛后面帮我脱掉衣服。吉姆块头很大，他的泳衣对我来说实在大得离谱，托尼不得不把泳衣在我身上绕了好几圈，又在背后系上，这才固定住。终于，一切准备就绪，托尼带我来到岸边。这时他停下看着我。

"还是想下去吗？"他问，"你不害怕再也上不来吗？"

我咧嘴一笑，摇摇头。也许我是害怕的，但我一向固执，

---

① 克里斯吐字不清。

现在已经不是放弃的时候了。可怜的吉姆站在那里瑟瑟发抖。

"不要这样做——你会害死他的!"他说,但我们完全听不进去。

托尼拽下一根树枝,伸进水里蘸了蘸,然后在我头顶挥了挥,同时念了句"我们的上帝啊"。接着他从胳膊下面抱起我,把我举起来丢进水里。

冰冷的水流漫过我的身体,我大口喘着气,意识模糊起来,一切都仿佛和水融成一片。这一秒我还在水下,下一秒就升起来,接着又沉下去,又升起来,我等着第三次沉下去,但却没有。相反,我用脚疯狂地在水里踢打着,我意识到自己浮了起来,仿佛远处河水上游的一只白鹅。我不停地用力扑腾着,在水面上漂起来。这时岸上传来一阵大笑声,过了一会儿,托尼向我游过来,他抓着我的胳膊,把我拽到了岸边的小路旁。吉姆等在那里,拖我上岸。我气喘吁吁地躺在岸上,但却充满了胜利的喜悦。

"你怕是有一天都要超过哥伦布了!"托尼一边说着,一边跪在我身旁帮我弄干身上的水。

那是我第一次游泳,却并不是最后一次。还有一个夏天,在一个小树林里我们发现了一条布满石头的小溪,我在那里还游过几次。我也常常躺在岸边,看着别人都去游泳或摘黑莓,有时我就直接睡着了。我很快乐。我看着这个世界,一切都那么熟悉,却唯独对自己一无所知。

后来有一天,我的小车坏掉了:车轴断了,座椅也破了。没有人能修得好,于是它就丢进了储煤室,任由它生锈去了。

失去它之后,我变得不知所措。哥哥们出去玩的时候不能再带上我。母亲似乎说起过,等父亲回去工作的时候就给我买辆新的车子,但我没有听清;我陷入了迷茫。

这并非仅仅出于我对那辆旧车子的想念,而是因为我不能再和哥哥们一起出去玩耍。一切都变了。我被一个人丢在了那里。之前那个关于我可能哪里出了问题的奇怪声音,在我的脑海里变得愈发清晰。

几天之后,我正坐在前花园里和兄弟们玩玩具兵,这时走过来几个小伙伴,他们拿绳子拴着渔网和果酱瓶,提议大家一起去抓鱼。天气好极了,大家都不想待在家里,于是就冲去拿鱼竿和套索,每个人都很兴奋。彼得甚至打赌说,他能在天黑之前捉到二十条米诺鱼①。

大家都挤在门口正要走,托尼发现落下了什么东西,于是

---

① 米诺鱼,一种鲤科小鱼。

和一个朋友回来取。正当他又要走的时候,我沉默地看着他,目光中带着恳求。

他停下来。这是第一次他出去玩没有带上我。

"对不起,克里斯,"他说着,眼睛刻意不去看我,"我们会给你带回来很多米诺鱼。"说罢迅速转身走掉。

"真可怜——"同伴刚一开口,托尼就猛地一把把他推到路上。他们和大家一起走了,只留我在花园里。我低头看着自己的双手攥紧,又攥得更紧。

第五章

卡翠欧娜·德拉亨特

我人生的底色已经开始显现。生活变得苦涩起来。就像我看到并感受到的那样,一切都不再同于往日。

如今我很少感到快乐。当哥哥们和朋友在外踢球的时候,我坐在厨房的窗边,安静地看着他们。我看到彼得常常进球。有时候,他们会冲我微笑,或者挥挥手。我也尝试挥手回应,但刚要抬起胳膊,它就倒向了一边,猛击到窗棂上。我把自己丢在身后的沙发上,头埋进角落里。

这时我刚满十岁,我是一个不会走路、说话,不能自己吃饭、穿衣的男孩。我很无助,但直到此时我才真正开始明白,自己究竟有多么无助。我对自己依然一无所知:我知道自己和别人"不一样",仅此而已。却不知道是什么让我如此不同,又为什么会这样。我只知道自己不能奔跑、踢球、爬树,甚至不能像别人那样自己吃饭。

我想不明白这是为什么,甚至都不能清晰地思考这一切。我只能去感受,从我内心最深处去感受,就像有一根尖针,刺破了我童年脑海中所有天真的幻梦和想象,把它们扎得粉碎,直到我再也没有力气去逃避一个赤裸裸的、残酷的现实——我是残疾的。

那之前我从来没有认真思考过自己。虽然我脑海中有时的确会浮现一丝模糊的想法——我和别人不太一样,这令我不安,但最多也就像光亮中的一丝黑暗,很快就被我抛在脑后。我会继续和兄弟们玩耍,享受着我目所能及的那有限的生活,对自己的状况浑然不觉。

而现在一切都不同了。我看清了这一切,不是通过那个对一切充满了好奇、迫切想要玩耍的小男孩的眼睛,而是通过一个残疾人的眼睛,一个刚刚才明白他的苦难的残疾人的眼睛。

我看着彼得的手。那是棕褐色的、坚实的手,手指笔直有力,可以紧紧地握住球棒,或把栗子高高地抛到空中。然后我低头看到了自己的手。它们奇形怪状地弯曲着,手指扭成一团。我的手无法放平,它止不住地抽动、颤抖,活像两条扭曲的蛇,完全不是人的手。

我开始讨厌在镜子里看到这双手,讨厌看到自己歪斜的脑袋和斜着的嘴巴。很快我对镜子也充满了厌恶和恐惧。它让我看到太多东西。我明白了别人眼中的我——嘴巴一张开就会歪到一边,看起来又丑又愚蠢;我说话的时候流着口水,声音含混不清。每说一个字,口水都会沿着下巴流下来;我的脑袋不停地颤抖着,从一边晃到另一边;我一笑起来,就像在挤眉弄眼,那扭曲的表情简直是一张丑陋的面具。

我被这样子吓到了,从没想过自己看起来是这模样。过去我也照过镜子,但我不知道那里面是什么,因此也没觉得有什么奇怪。现在,每当我看着镜子,里面那张畸形的脸都会看向我。一天,脸上挂着泪水,我爬到床上,伸出左脚把墙上的镜子踢了下来,它碎了一地。

母亲听到撞击声,冲上楼来问我发生了什么。我用脚指了指地上的碎玻璃,窗外透过来一束光,那些碎片在阳光的照耀下发出钻石一样的光亮。

"这可预示着七年的霉运。"母亲笑着说,一边把碎玻璃清扫干净。

几个星期之后,母亲给我买了新的车子,这是一把真正的轮椅,带着软垫座椅和橡胶轮胎。"现在你又可以出门了。"母亲兴奋地对我说。我没应声。

第二天，哥哥们迫不及待地要展示我的新座驾——他们说这是我的座驾。他们又带我到了街上。所有的小伙伴都挤在我身边，轮流帮我推着新车子。

"叫它迈克吧。"有人提议道，他摸着车子锃亮的黑皮扶手。

"不，"彼得昂着头一本正经地说，"应该叫它西尔维斯特。"

我被带去看他们踢足球。像往常一样，一帮人围着我，讲着笑话，讨论着晚上要玩的游戏。但我却再也回不到过去。有些东西已经从我身体里消失，从我生活里消失，我说不清那是什么。我无法像过去那样放声大笑。我紧紧盯着他们，想从他们的表情里判断，大家是否发现了我怪异的地方。有陌生人从我身边经过的时候，我就会把脸挡住，但依然忍不住去瞧他们看我的神态，先是打量我的脸，又瞧瞧手，然后郑重其事地对身边的人点点头，甚至走远了还会频频回头。

路人的神情在我面前一一闪过。我的兄弟们以为我不会留意，但我却尽收眼底。就在我的旧车子坏掉的那几个星期里，我开始明白自己的身体和别人不同，我的思想也随之发生了变化。对于在家外面可能遭遇的一切，我都变得更加敏感、更加焦虑。我沉默地看着兄弟们和伙伴们在我身边玩耍，一言不发,甚至连我的咕哝声也放弃了。我对他们的游戏提不起兴致,如今我成了一个旁观者,不再是他们当中的一分子。

那之后我不再出门,除了一年中偶尔会有的那么一两次,即使出门,我也会让他们带我到安静空旷、没有人烟的地方。我的兄弟们都不明白为什么,他们一次又一次地唤我出去和他们玩耍,像过去一样,而我只是摇摇头,冲他们微微一笑。他们挠挠头、耸耸肩膀,就只好走了。

母亲留意到了我的变化,我觉得她明白为什么,但她什么也没说。她比家里任何人都更了解我。我瞒不了她,她总是能以她非同寻常的敏锐观察到我是快乐还是悲伤,就好像她能切实感受到我的心情一样。如今,她看到的我几乎总是悲伤、意志消沉、自我封闭,不再像过去一样满屋子地爬,而总是蜷缩在那只大的扶手椅上,静静地盯着炉火或墙壁。

她尝试了很多改变的办法。她看得到我很孤独,也明白让我沉湎于这种孤独十分的危险。于是她发明了很多办法帮我打发时间,比如,她让我用左脚握住铅笔,从报纸上把故事抄写到廉价的本子上。她会检查看我写得对不对。我写下的那些字符可怕极了,那些字母硕大且歪歪扭扭横躺在本子上,没有句点、破折号或逗号,当然,问号和引号也是不会有的。

虽然抄写让我的这些日子稍稍明媚了起来,但却依然无法彻底驱散那些已经在我心里生根的、可怕的不满情绪。写作,或者说抄写,都还不错,它让我至少对阅读产生了兴趣,但还远远不够。我在渴望其他的东西,我希望有什么能够释放我心底不断膨胀的不安,缓解我的焦虑和紧绷的神经。很快我就厌倦了仅仅抄写他人的作品,我希望找到一个方式来表达自我。我感到被束缚的压抑。

如今我已经十岁半了,我在自己的内心世界中越陷越深。母亲尝试过各种办法,但都不能提起我的兴趣,没有什么能唤回过去那个快乐的孩子。他已经不复存在。取而代之的,是一个紧张、沉默,长着明亮大眼睛的小生物,他的神经敏锐得如破碎的玻璃、紧绷得如电线一般。

接着,在一个圣诞节,我们当中的一个孩子——应该是帕蒂——从圣诞老人那儿得到了一盒颜料。那年我得到的是一盒玩具士兵。但一看到帕蒂的颜料,那些炫目的色彩、细长的毛刷,我就立刻爱上了它们。我想我一定要把它们占为己有。那一块块小小的颜料让我十分着迷:蓝的、红的、黄的、绿的和白的。晚些时候,我坐着看帕蒂用颜料在一张从鞋盒上撕下来的纸板上涂涂画画,但他画得一团糟,奇怪极了,我感到很生气——也有点嫉妒。

"该死——我用不了这些东西!"他嘟囔着,把刷子扔到地上,"女孩才画画。"

我的机会来了。我用脚把自己那盒金属兵推到他跟前,咕哝着问,能不能用它"纠换"①他的颜料。

"成交!"帕蒂欢呼,他巴不得把这么娘娘腔的玩具送走,"但你怎么用它们呀?"

其实我也不知道,但我笑着伸了伸左脚。

我把东西收了起来,直到圣诞节所有的庆祝都结束,一个安静的午后,厨房里只剩下我和母亲。我爬向橱柜,用脚打开柜门,取出那个装着颜料的黑色小盒子,摆在我面前的地板上。

"你去干吗了?"母亲问,她来到我身边,我正靠墙蹲坐着,"你该不是要画画吧!"

我郑重地点了点头。我用脚趾夹住毛刷,在嘴里湿了下,然后在一块蓝色颜料上蘸了蘸——那是我最喜欢的颜色。然后拿刷子在另一只脚上涂了两下,我看到脚上出现了蓝色。

"有了!"我努力想要欢呼,因为兴奋,脸都涨红了。

"我给你拿点水。"母亲说着,走进餐具间,拿了一杯水放在我身旁的地板上。

---

① 克里斯吐字不清。原文用 swop 表示 swap。

我没有纸,母亲于是从彼得的算术本上撕下一页给我。我把刷子在水里涮了涮,然后蘸了亮红色的颜料,我把脚放平,母亲也目不转睛地盯着我,我在面前的纸页上画出了一个十字的轮廓。

我冲母亲咧嘴做出胜利的一笑。我还记得五年前的那一天,我们几乎是坐在同样的位置,我用左脚颤抖着、汗流浃背地写下第一个字母。母亲那时就在我身旁,如今她也在,她一直激励着我向前。

这次我既没有流汗,也没颤抖。我画得很流畅。我握着的不是粉笔头,而是一支画笔。但它对于我的意义是相似的:我发现了一种新的方式来和外界交流,我的左脚可以借助新的方式来"说话"了。

随着时间推移,我越来越喜爱这一小盒颜料。我画下了各种各样疯狂的东西,从彼得的脸——虽然他生气地拒绝承认那是他的脸,到垃圾桶里的一捆死鱼,当然我是抢在隔壁那只叫蒂比的猫咪把它们干掉之前完成的。

母亲还给我买了更多的颜料和刷子,还有一两本画册,一支铅笔。它们大大延展了我的表达范围,我可以画更多的主题了。开始的几周我还有些犹疑和笨拙,但很快,我就完全沉浸在了这项消遣中,每天都一个人待在楼上的卧室里画画。

我在改变。当时并没有觉察,但我确实找到了一种新的方式,让自己找回快乐,忘掉那些不愉快的事情。至少我学会了忘记自我。我不再遗憾不能和兄弟们出去玩,因为有了一件事情始终都能让我兴致盎然,我对自己的每一天都变得充满期待。

我常常一连几个小时都蹲坐在地板上,脚趾夹着画笔,右腿弯在左腿下面,胳膊撑在身体两侧,双手紧攥着。所有的颜料和画笔都堆在我身旁,我会叫母亲或父亲过来帮我把画纸订在地板上,来保持平稳。我的脑袋几乎弯到了膝盖中间,背弓着像螺丝锥一样,这姿势看起来奇怪笨拙极了。但我所有最好的画作都是以这种姿势完成的,而木地板就是我唯一的画架。

慢慢地,我不再像当初那样沮丧。我在画画的时候,感受到的是一种纯粹的快乐,这是之前从未有过的感觉,它似乎让我整个人都超脱了。只有当我不画的时候,我才会又沮丧起来、冲家人乱发脾气。一开始,母亲觉得鼓励我画画是对的,这样我就没有那么多时间不开心。但一段时间过去,她又开始担心,因为我总是一个人待着,在卧室里一画就是几个小时,把一切都抛在脑后——甚至包括我自己。

她常常上楼来看我是不是需要什么,轻手轻脚地进入房间,这时她会看到我在画前弓着身子,脚趾间夹着画笔。有时母亲会过来帮我拨开眼前的头发,或擦去脑门上的汗。因为我虽然已经可以像彼得或帕蒂使用双手那样,自如地使用自己的左脚,但一整天都俯身坐在地板上画画,对我的身体毕竟造成了一种巨大的负担。但每当母亲过来查看我的时候,我只是猛地点个头,呜呜噜噜地回应。

之后,有一天,在我十一岁的时候,母亲病了,被送去了卢坦达医院。几个星期后,她生下了自己最小的孩子,一个男孩,这样她一共有了二十二个孩子。我最小的弟弟出生后,母亲依然病着,而且病情很快变得很严重。我们在家里惊恐万分,母亲不在的日子里,家里死气沉沉,就仿佛一只钟表被拆掉了表芯,指针无力地停住了。我也无法再画画,对任何事情都兴趣索然。我以为母亲要死了。

十二月一个寒冷的夜晚,我蜷在沙发上,突然听到前门响起了敲门声。父亲正坐在炉火旁,手里拿着一份报纸,但他心里满是担忧,并没有在看报。一开始他并没有听到敲门声,但当声音再次响起的时候,他起身前往门厅开门。

我听到门口有声音,但并没有心思去听,而是沉浸在对母亲的担忧和沮丧之中。我转了个身,脑袋埋在沙发靠墙的角,这时门开了,父亲和一个人走进了厨房。

"这是克里斯蒂。"父亲说。接着我听到一个女孩的声音说:"他在睡觉吗?"

我迷迷糊糊地抬头看这位来客,眨了眨眼睛。灯还没有打开,房间里有些暗,但是借着外面的路灯,我看到来访的是一位年轻的女孩,大约有十八岁。她瘦瘦高高的,模样甜美——是我见过的最美丽的女孩。

"你好,"她说,露出一个甜甜的微笑,"我是德拉亨特小姐,你妈妈跟我说起过你。"

我想说点什么,但只发出了一些咕哝声,就像我平时想要说话时那样。女孩只是笑了笑,坐在了沙发的边缘。

"我本想打个电话再过来的,"她说,"你不会介意吧?"

我用力地摇摇头。接着她告诉我是怎么知道我的。她是卢坦达医院的施赈学员,从母亲那里听说了我的情况,还知道我会用左脚画画,所以想来见我。当然她这次来还有一个目的,母亲很担心我们,不知道我们在家里过得好不好,所以女孩就来让我写个字条带给母亲。

"你能帮我做这件事吗?"她问。

我没有理由拒绝。父亲把我举到桌子上,将一支铅笔夹在我脚趾间,我在一个旧信封的背面写道:

"亲爱的妈妈。不要担心。一切都好。很多吃的。快好起来。克里斯蒂。"

写完这些,我并不想在末尾画个吻,但她说如果画一个会更漂亮。于是我很不情愿地,在信封的角落里歪歪扭扭地画上了吻,递给她。

她走了,但承诺会再来。那晚我上床睡觉的时候,感觉到一阵眩晕。

她第二次来的时候,还带来了一个很大的惊喜。她带给我一大套颜料、画笔,还有画册,以及一个好消息:母亲好起来了,很快就会回家。

卡翠欧娜·德拉亨特——在我最需要一个这样的人的时候,她出现了,来到了我的生命里。她在我原本的人生轨迹之外,是她让我意识到自己应该超越于那些日常的思维和活动,去获得一种更稳固的内在平衡。她将成为在母亲之外给予我最多鼓励的那个人,也将帮助我去对抗未来人生的诸多艰难。

当然,十一岁时的我对这一切还浑然不知,我只知道,我遇到了自己的第一个梦中情人。

第六章
艺术家

第一个梦中情人的出现引发了一系列奇特的连锁反应。我尚且年幼,还不知道自己是不是产生了错误的想法,当然也因为我太年轻,我还不能明白自己的心。在当时的年纪,我关心的只有我的左脚,也因此忽略了身体的其他任何部位——包括心灵。

但是,我的感受和其他毫无自我认知的男孩大概也没什么不同。尽管一开始见到德拉亨特小姐时我感到很困惑,并因此自我意识开始萌芽。但慢慢地,我冷静下来,开始热切地期待德拉亨特小姐的到来。每当我知道她要来的时候,我会让母亲仔细地帮我梳好头,甚至让她给我卷尽可能多的"波浪"上去。有时,我还会像彼得那样,让母亲去搞点托尼的八便士发油给我涂上。

我无法说话,但不知为何,当我和这位新朋友在一起的时候,语言似乎不再重要。我们用一种无声的、独属于我俩的方式交流,不需特意地说什么,就可以心领神会。虽然当时我还不明白什么是心灵感应,但好像这个词也不能准确概括我和德拉亨特小姐之间的交流方式。

我的认知开始延展。我越来越明白自己,也更明白那些发生在我身上的事情。并不是有人告诉了我什么,而是我能够感受到更多,也思考更多,于是便理解了更多。我越来越了解自己,也是因为我已经学着去表达自我,并去摸索那所有隐藏在意识表面之下的东西。但是对于未来我要经历的一切,我依旧茫然。

随着我越发地沉浸于绘画,我也获得了更多内在的快乐与平静。当别人来和我说话或问我点什么,我不再像过去那样乱发脾气。绘画成了我最挚爱的事情,也是我精神的支点。我的生活轨迹就围绕着画作和画笔展开。

然而只是画画还不足以让我如此的快乐。事实上,我画画不仅是为了取悦自己,更是去取悦别人:我感到自己是有用的,我在为自己心目中的女神而画。我亲爱的"梦中情人"不仅总是非常愉快地收下这些画,她更是真诚地在期待。这是她厉害的地方:她让我觉得自己是重要的、有用的,并激发起我的责任心。我画得其实并不好。都是一些糟糕的风景画，大块的棕色和绿色铺展着，还有一大片厚重的蓝色，那就是天空了。但是德拉亨特小姐谈论它们的样子，就仿佛它们都是杰作。在她的鼓励下，我画得越来越好，也更加自信了。

我把所有的颜料都摆在一起。我在地板上调配这些颜料、准备铅笔和画笔——这一切都用左脚完成。家人总是很乐意来帮我，但我不信任他们，因为他们并不懂怎么画画或准备画笔。我怕他们弄坏了这些珍贵的工具，所以宁可亲自来做。

起初，我把所有的颜料都收在一个旧纸箱里，塞在床底下。后来父亲为我做了一个木箱，我管它叫我的"工具箱"。

十二月的一天，离圣诞节还有几个星期，我正用脚随意地翻着《星期日独立报》，刚好看到一条关于圣诞绘画比赛的消息，面向十二到十六岁的孩子。我刚过十二岁，正适合去参赛。那是周日的上午，其他孩子都去做弥撒了，母亲在餐具间洗着晚餐用的卷心菜，父亲正坐在床边看报纸。我又读了一遍这个消息。有一幅黑白的复印画需要被填色。画上是一个舞会的场景，一群舞者环绕着灰姑娘和王子跳舞，所有人都穿着优雅的礼服，男士身着长袜和紧身上衣，女士身上长裙飘舞。他们头顶悬着枝形吊灯。

这幅画深深地吸引了我,我觉得它棒极了。我盯着它看的时候,仿佛已经看到了它被画好、各种色彩散发炫目光芒的样子。这感觉太真实,以至于我都觉得自己已经完成了。

我把母亲从餐具间叫来,给她看比赛的消息。

"去试试。"她说。我摇摇头,咕哝着,意思是我还不够好。"别担心,"母亲说,"又不是非得是天才。你就去试试。"

我听从了母亲的话。那天下午我就给那幅画上了色,比想象中画得还好。在灰姑娘身上,我花了格外多心思。她在我的笔下光彩夺目,粉嫩的脸蛋、金色的长卷发,还有漂亮的蓝裙子。洁白的缎面舞鞋在她的长裙下优雅地露出一角,宛如两只小老鼠。至于王子的礼服,我则涂上了亮紫色。出于艺术的考虑,我还给他的礼服上点缀了一种类似宝石一样的金黄。他们的眼睛,我都着上了蓝色,王子的眼睛上还额外加了点翠绿。

画作完成的时候,我很满意,但却不想拿它去参赛,我担心自己不会成功。然而,即使我可以不听母亲的话,我却没有办法拒绝我的"梦中情人"让我做的任何事。当母亲告诉她这个比赛的消息,还给她看了我填好色的画,德拉亨特小姐说我应该马上去参赛。这对我来说无异于最后通牒了。

我又无比仔细地检查了这幅画,在这儿或那儿加上几笔,整体色调上又调亮些。第二天,我让母亲把它封起来,贴上邮票,给报纸寄去了。

我认为这事情实在是浪费时间,很快也就把它忘了。我对获奖丝毫不抱希望,哪怕是最小的安慰奖。那之后一整个星期,我都像往常一样画我的画。我很高兴,毕竟我按德拉亨特小姐说的去做了,哪怕这并没有什么用。

之后的周五上午,家里突然响起一阵敲门声。母亲正在餐具间洗衣服,出来开门时手上还挂满了肥皂沫。刚巧,我当时正靠在厨房的大圆桌上画画,身边堆满了颜料和画笔。这并不是我经常画画的地方,因为我更喜欢在楼上卧室里一个人画,而这个早晨,很偶然地,我决定来到厨房画画。

母亲开了门,发现是《独立报》的记者和一位摄影师,专程来看我。原来德拉亨特小姐并没有告诉我,她去找到了报纸的记者,告诉他们在寄去的画当中有一幅是一个男孩用脚趾画的。对方不怎么相信,于是派了记者过来了解事情的真相。

记者和摄影师来到厨房的时候,我正在完成一幅画最后的部分:那是一座南海的热带海岛,四周是湛蓝的咸水湖,我正在画上一些摇曳的棕榈树和金棕色的沙滩。听到门被打开,我抬起头:两个媒体人正站在房间另一头看着我,母亲在他们身后。我不明所以,就赶紧继续画我的画。

"这是真的!"我听到其中一个人带着惊讶和赞叹的轻声欢呼。

母亲带他们走进来,这时我才明白是谁来了。

"布朗先生,我们本来觉得难以置信,"他们说,"但……"

他们问了母亲很多关于我的问题,母亲把关于我的一个个小故事讲给他们听的时候,他们表现得比之前更难以置信。这一切在一旁进行,我就在那里安静地画画,努力让自己保持镇定。过了许久之后,他们拍了一张我坐在桌上画画的照片,脚趾间夹着画笔,我面前还摆着一个画架。画架是几个月前一个朋友作为礼物送给我的。它很有用,但我还是更喜欢在地板上画,画架被放进来只是为了让我在这个场合里看上去更像个艺术家。那是我的第一张照片。

又过了一个星期,周日上午,我正和彼得舒服地躺在被窝里,半梦半醒之间,父亲跑上楼来,冲进房间,把我拽起来。

"快看——快看!"他在我面前挥舞着一份《星期日独立报》,"看——你得奖了!"

这是真的。在报纸页面的中间,是上周五他们给我拍的照片。照片上的小男孩穿着短裤,瘦削的双腿交叠在一起,眉毛骄傲地耸着。他的身旁,一只扭曲的手支撑着身体保持平衡。

我被带到楼下厨房,家人都在那里吃着早饭,兴奋地谈论着我获奖的事情。父亲把我带进房间的那一刻,大家都停止了谈话。母亲放下她手中的茶壶,走向被父亲抱在怀里的我。

"永远不要放弃尝试,克里斯。"她亲吻着我说。

我的"梦中情人"呢?——那天晚些时候,她也来了。她握着我的手,吻了我的额头,说很为我骄傲。

我的左脚,我又一次做到了。

第七章
同情的目光

十三岁——此时我依然是一个小艺术家，一个还没有找到自我的小男孩，没有足够了解自己的能力并加以利用。画画对我来说意味着一切。通过画画，我学会了用许多细腻的方式来表达自我，呈现我的所见所感以及被禁锢在我无用的身体里的一切思维活动，它们如同囚徒一般，张望着那个在我人生之外的现实世界。

用心灵比用眼睛使我看到了更多的东西。我常常一个人，在卧室里一坐就是几个小时，不画画，也不干别的，只是坐在那里，凝视着自己的世界，远离一切日常生活。每当我进入这样白日梦的时刻，我就忽略了一切：楼下拥挤的小厨房里响亮的说话声……彼得在门口练习吹口琴的声音……楼下无线电里的爵士乐……门外马路上收废品的人的尖声叫卖……它们交织、远去,混为一种模糊的噪音,渐渐地就从我耳边消失了,我也看不到什么了。只是坐在那里,思考着……

我不再出门。很久之前我就不出门了。甚至在家里也不和兄弟们玩耍。一开始他们很困惑,但渐渐地就接受了我们之间这种新的关系。当然,在家里我并不会成为一个陌生人,毕竟我们都生活在同一间屋子里,甚至已经是彼此的一部分。但我开始有了自己的世界。我们生活在一起,但同时我又生活在他们的世界之外,在所有他们认为重要的事情之外。我一个人很快乐,却不知道距离真正意义上的自我满足还有多远。

当我从一个小男孩的日常生活、从那些马路和巷子里的生活退出的时候,我发现自己心灵成长的速度远远超出了身体的成长。我再一次彻底地、真正地迷失了。而另一个"梦中情人"出现在了我的生活里,她不像之前的那位那么高挑美丽,但和我年纪相仿。她叫珍妮,就住在几幢房子之外,长得小小的,精力旺盛、无忧无虑。她长着一双碧绿的眼睛和嘟嘟的小嘴,一缕棕色的卷发修饰着她小巧的脸蛋。不幸的是,珍妮很招惹男孩子,她只要适时地眨眨那双迷人的眼睛,就可以在街道上的男孩之间引发一场战争。他们都疯狂地迷恋着她,一旦争论起谁长大后可以娶珍妮,大家就会打起来。

第七章 同情的目光

虽然我不再出门,但这不妨碍我看到珍妮。透过卧室的窗户,我远远地爱慕着她。这弄得我画画的时候格外疲惫,因为每当听到马路上传来珍妮的声音,我就会爬到窗边,坐在床上,盯着她和其他女孩一路跑着跳着,而对于其他女孩,我却完全不会留意。一天,当我坐在那里盯着她看的时候,她抬头看到了我。我感到脸上一阵火辣,赶紧撤回来,但那一刻她笑了。我试着回她一个微笑,她给了我一个飞吻。我不敢相信自己的眼睛,就当她在马路上跑远的时候,又给了我一个飞吻。她的深色卷发飘舞着,白裙子灌满了风。

当晚,我撕下一张便签,脚握着一根铅笔,颤抖着给珍妮写了几句充满爱意的话,并让一个弟弟送给她,甚至拿脚威胁他一定要亲自送到珍妮手里。在那张纸条上,我对珍妮说,她是我们这条街上最漂亮的孩子,如果她愿意,我可以给她画很多的画。然后,我又仓促地补充道,我会爱她"很久很久"。

我兴奋又害怕地等着弟弟回来,不敢期待珍妮给我什么答复。半小时之后,他回来了——还带回一张珍妮的纸条,藏在运动衫里。

我拿过纸条,迫不及待地看了起来,完全忘了弟弟还在一旁,他饶有意味地盯着我,眼神似乎在说我疯了。我把珍妮的纸条看了一遍又一遍,尤其是那句:如果我愿意,她第二天会到后院来看我。我的心怦怦直跳,脑子轻飘飘的,身上一阵冷一阵热。过了一会儿,我抬起头,看到弟弟还站在那里,背着手,张着嘴巴,盯着我的那双蓝色大眼睛里写满了困惑。我冲他喊了声"滚开",他便像受惊的兔子一样从房间逃掉了。我把自己丢到床上,长叹了口气,心还在猛烈地跳着。

第二天我如约而至,把自己收拾得整整齐齐的,还涂了托尼的"奢华发油",而事实上发油都要从我的额头淌下来了。小珍妮非常友好。我们一起坐在那里看我的画,每给她看一张,她都会崇拜地轻声赞叹。一开始我很害羞,手足无措,因为我知道自己口齿不清、用脚而不是手做事情。但珍妮也许是因为单纯,也许是出于得体,看上去并没有觉得我哪里奇怪,她愉快地和我谈论着游戏或聚会,还有隔壁的男孩,就像我是彼得或帕蒂一样。这让我开心极了。

我和珍妮成了好朋友。我们没有太多交谈,但每周都会交换无数的小纸条。一到周六晚上,她就会偷偷溜过来看我,带来一些我从没读过的小书和杂志,我无比珍爱它们,全都收起来,藏在了卧室的一个被虫蛀坏了的旧箱子里。

我感到骄傲极了。自己虽然残疾,却和这条街上最漂亮、最受欢迎的女孩成了朋友。我常常听彼得激动地说珍妮是个大美人儿,如果能赢得她的芳心,他什么都愿意做。每当他这样说的时候,我都很得意。仿佛自己俨然是个胜利者,因为不是我去追求的珍妮,而是她主动来亲近的我!

彼得开始起了疑心。在一个周六,我和珍妮正坐在后院,他找到了我们,我们头贴得很近,虽然只是在看一些珍妮带来的旧故事书。我的脸立马红了,珍妮没有动,她只是抬起头,冲我的哥哥微微一笑,便又低头看书。彼得恶狠狠地瞪了我一眼,就扭头回屋了,身后的房门猛地被甩上。

那天晚上,珍妮临走前安静地坐着,漫不经心地翻着书,眉头轻轻地皱起来,下唇微张,每当她想要说什么复杂的事情,都会露出这样的表情。过了一小会儿,她起身,犹豫片刻,然后突然跪在我身旁的草地上,轻轻吻了我的前额。我往后撤了下身子,惊讶又无措,因为她从没有吻过我。

我张口想说点什么,但珍妮突然红着脸跳起身,眼里盈满着泪水跑出了花园,当她沿着石子路一路奔跑,消失在我视线里的时候,她那双小小的黑色鞋子发出叮叮当当的响声。

那之后的几个星期,她都没有来。尽管我轰炸般地写给她一张又一张的纸条,她还是杳无音信。而与此同时,彼得为了打击我,对我讲了很多恶毒的故事,都是关于可怜的小珍妮的。但我一点儿也不信他,他甚至跟我说,珍妮每亲吻男孩子一次,都让他们付她一便士。

"所以我才老破产!"彼得伤感地说,手抄在空空如也的口袋里。

夜晚,我常常坐在床上想起珍妮,回想起那天她在后院亲吻我的样子。我感到忧伤、孤独。我问自己她为什么不来了。当我在黑暗中辗转反侧的时候,彼得舒服的鼾声在我一旁响起。

我的十四岁生日到了。那天早晨,在我收到的一堆贺卡中,有一张来自一双孩子气的小手,是珍妮的,但她还是没来看我。我常常从卧室的窗户望下去,看到她在路边玩耍,但眼睛总是避开我的房子,从不望过来。我在窗边一坐就是几个小时,希望她能看我一眼,直到黄昏来临,光线暗下来,几乎什么都看不见了,依稀只剩她连衣裙若隐若现的白色。她和其他女孩从街上跑开,身后还有一群男孩大笑着在追赶她们。

为了掩饰自己的失落,每天我都狂热地投入到绘画中,那些画既没有主题也没有固定图案,都是些胡乱的涂抹,被我从沸腾的思绪中漫无目的地、杂乱地铺洒在画纸上。

一天,我背靠着一只箱子忧郁地坐在后院,突然听到脚步声,我疲惫地抬头……竟然是珍妮!她站在几英尺外,在院门口,瘦削、娇小的身形被一旁的白墙衬托着,在六月的阳光下格外明亮动人,她的影子歪歪斜斜地落在温暖的水泥地面上。

她望过来,看着我,但——是用同情的目光。

那时我才明白,也正如后来我会很多次经历的那样,一个简单的同情的目光,是多么令我痛苦和心碎。我需要的并不是同情,而是另外一种东西——是来自他人的真诚的爱所能赋予这颗脆弱心灵的力量。

在她同情的目光中,我低下了头,我们两个都没有说一句话,珍妮慢慢转身离开,只留我一个人在院子里。

那之后我就变了。过去的几个星期,我都沉浸在一种无边的幸福里,幻想着自己是一个正常的、普通的十四岁男孩,爱上了这条街上最甜美的女孩,他愚蠢自负得透顶,以为她同样在意着自己。如今,一切妄想都结束了,而最令我痛苦的是,我曾以为自己的残疾不重要,以为那是只有自己才会觉察的"不正常",以为别人不会当回事,然而这一切都是自欺欺人。我不过是一个狠狠地欺骗了自己的混蛋。

在见到德拉亨特小姐的兴奋中、在画画带来的新鲜感以及对珍妮的魂牵梦绕中,我几乎忘记了自我。我甚至相信自己和别人毫无"分别",这种分别似乎只潜藏在我的脑海中。在这样一个梦幻的世界、一个难以置信的天堂里迷失自我是多么的快乐。我浑然忘记了关于自己的那些悲哀的事实,并获得了一种单纯的愉悦,哪怕这样的日子只持续了短短几个星期。也正是因此,重返现实给我带来了更多的震荡和痛苦。

家里的生活也在改变。好像所有人都在一夜之间长大了。我很震惊地意识到吉姆和托尼已经长成了大人。吉姆很安静,所有人都嘲笑他的好脾气和女孩般的温柔。托尼鲁莽大胆,向来敢用拳头说话,也是我们当中最趾高气昂的一个。莉莉不再是那个黑头发的、常常在周六上午推着我到河岸边,拿硬币遮住我的眼睛让我入睡的小女孩。突然间她就成了一个已经有婚约在身的女人。帕蒂也不再是那个穿着短裤、弹弓从屁股口袋里戳出来的学生,而成了一个泥瓦匠学徒,每个周五的晚上骄傲地大跨步进门,故作声势地把一叠工资交给母亲,靴子和工装上沾满了灰尘和泥浆。莫娜则从那个圆滚滚的、头发蓬松、脸蛋儿和小手胖乎乎的小女孩,长成了一个十七岁的漂亮女人,涂着口红,搽着粉,穿着一双"恨天高",几乎每晚都有不同的约会对象,她热爱跳舞胜过其他一切事情。

彼得比我小一岁,我总是把他看作最亲近的一个兄弟。因为我们年纪相仿,可以毫无顾忌地和彼此打闹吵嚷,也因此他比别的兄弟更了解我。但在我眼里,即使他也变得不同了;他长高了,成了另一个人,更严肃了点,也就变得难以亲近了很多。

我和弟弟妹妹们则比较生疏。他们有自己的童年生活和伙伴，就像我小时候那样。他们都是乖孩子，但对自己跛脚的哥哥，却有点敬畏，或许心里还有些无意识的害怕。他们对我了解甚少，因为我总是一整天都待在卧室里画画，很少见到他们，只有周末的时候，我会坐在厨房的沙发上，在听广播里的弥撒之前，看看周末的报纸。但即使这时，我也不怎么和他们说话，一部分原因是我说不太清楚，但主要也因为没什么可说的。

我几乎忘了自己的十五岁生日。母亲为我办了生日宴会。那天我很快乐，很多老朋友都来了。我甚至不知道，姐姐莫娜还邀请了珍妮，而且她来了。但她不再是那个小巧的、长着雀斑的、在后院和我有过浪漫约会的珍妮，而成了一个甜美可爱的、面带笑容的十六岁女孩。她身着一件灰色绸缎连衣裙，指甲闪着光泽，黑发散发着幽香。我看着她就坐在我的对面，我们的目光触碰在一起。有那么片刻，我仿佛看到了过去的那个珍妮，但转瞬就消失了，她向我走来，握着我的手，没有丝毫的犹豫和害羞。

"你还好吗，克里斯蒂——嗯？"她用一种半是轻快、半是安抚的语气问我，"当然，当然，你很好，别让自己激动。"当我用力想要说什么的时候，她安慰地说道。这种语气几乎要使我讨厌她了。

这场小型生日宴结束后,大家都离开了。母亲问我开不开心。我说当然。我在撒谎,我其实头痛得厉害。但比头痛更糟糕的、比一切都更糟糕的是,那天夜晚,当我躺下要睡觉的时候,我的心如刀绞。

我知道自己不再是个孩子,但我也没有"长大"。我被悬置在了快乐无知的童年时光和少年的痛苦与沮丧之间。我向往过去的那种无忧无虑,但我也明白童年已逝。从后院里那个女孩向我投来的同情的目光中,我已经看到了自己的未来,没有希望,也没有意义。

第八章

幽禁的墙

如今我已经到了不能再自我逃避的年龄。日子一天天过去，兄弟姐妹一个个都长成了看起来陌生而独立的成年人，我以上千种方式看到并感受着限制和无聊，还有我的存在本身那可怕的禁锢。我的四周充斥着行动、努力，和成长的气息。每个人都有事可做，他们的生活被填满着，大脑和双手始终忙忙碌碌。他们有自己的兴趣爱好、行动和目标，每个人的生活都是一个有机的整体，他们的精力很自然地就会找到释放的出口和表达的通道。而我，只有我的左脚。

我的生活像被塞进一个黑暗的、死气沉沉的角落。我面朝墙壁，听到外面那个广阔世界的一切声音和行动，但却动弹不得。我走不出去，无法像我的兄弟姐妹们和我认识的其他所有人一样到外面的世界里找到自己的位置。我仿佛只能沿着一条狭窄的沟槽前行,思考着同样的事情,感受着一成不变的东西,也怀揣着不变的恐惧。我被封闭、被阻隔、被限制。除了一些令人沮丧的尝试和狭隘的思索,我一无所有。

母亲曾经总是给我带来巨大的鼓舞和激励,但现在我们却常常意见相左。我们争吵过很多次。我唯一可以毫不费力地、自然地脱口而出的词是"去死吧",有时当我因为和母亲争吵而生气的时候,也会这样冲她脱口而出。

语言对我来说是一种奇怪又麻烦的东西。但母亲不需要通过语言就可以明白我在想什么。我甚至觉得她能读出我的想法。在我和母亲之间有一种神奇的、超自然的联系,就像是心灵感应一般,仿佛蜘蛛被切断的肢体哪怕分开了几米远,只要有一部分还活着,就还能动弹。

她知道我在经历成长的痛苦,随着我长大,我对自己的人生处境有了更敏锐的感知,她努力帮我缓解这种真切的痛楚,把她的精神和力量带给我,就好像在告诉我我并不孤独,她懂得这一切。对我来说她不只是母亲,更像是一位并肩作战的队友。

卡翠欧娜·德拉亨特也给了我很多帮助。对于我年少的心灵来说,她讲起的那些东西是那么美丽、高尚,我一度怀疑她是不是真实存在的,是不是什么美妙的幻影或幽灵,转瞬就会消失。

但我知道她是真实的,我听得到她的声音在我耳畔响起,我看得到她棕色的头发熠熠发光,当她看到我坐在那里给她画画的时候,我看到她眼中现出的笑意。不,她不是我的幻梦,而是一个美丽的存在。

我依然在画我的水彩画,画一些我没见过、只是想象出来的东西,比如一些风景、村庄、船、公园水塘边的树,等等。但绘画也像其他东西一样在发生改变。它不再像过去那样使我满足。我依然喜欢画画,但却不再热爱它。我的体内积蓄着一些新的能量、新的渴求,不再能仅仅通过把一些明亮的红黄色、暗沉的棕色涂在画纸上就得到纾解。我需要新的东西,需要更丰富的媒介来表达。我的思维更宽广了,而绘画缩小为其中一个很小的支点。每天我都变得更绝望。我不能用嘴来说话,而现在也同样不能通过绘画来表达;我觉得自己好像慢慢地窒息了。

记得当我还是孩子的时候,第一次发现自己和别人"不同",我是多么的难过,好像世界末日来临了。但如今我才真正感受到这份"不同"的分量,明白它究竟意味着什么。作为小孩子的我,意识到自己的残疾时,哭得很伤心。但现在我没有哭,没有眼泪来安慰我。一切痛苦都深埋在心底。

一天,在一种掺杂着绝望、恐惧和迷茫的情绪中,我爬到楼上的卧室,反锁上门,从盒子里拿出一支铅笔、一张纸。我坐在床上,开始写字。我决定从卧室的窗户往外面的水泥院子里跳下去,以此来"自我了结"。但在这之前,我要写一封"自白书",要留下一封"遗嘱"。我郑重地拿笔写起来:

"写给和这封信有关的人——虽然我知道没人会关心……"

这是一句华丽的开场白,我想。写好遗言,我把它简单地折起来放在枕头下。然后爬到窗边,用左脚打开窗户望出去;我从没想过房间会这么高,地面看起来离窗户有一千英尺,本来在我的想象里大概只有十二英尺。天很冷,风强劲地吹着。往窗外看的时候,风打在我的脸上,让我几乎喘不过气来。我迈出一条腿。想起小时候,夏天的晚上,我和彼得常常在后院玩玩具兵,我们在高耸的草丛间悄悄地接近彼此……现在我用力稳住身子,把另一条腿放过来。此刻,毫无缘由地,我想起一个圣诞节,可怜的父亲在扮圣诞老人,他根本无法直起身走路,在黑暗里被帕蒂的靴子绊倒了,父亲躺在地板上开始唱《凯瑟琳·马沃尼》①,所有的玩具都堆在他身旁……我深吸一

---

① 《凯瑟琳·马沃尼》,一首创作于 1837 年、在英语世界广为传唱的歌谣。

口气,直起身,坐在窗户上,双腿荡在空中。我闭上眼睛……这将是很可怕的坠落,但我决定了要这样做;现在已经没有什么能阻止我。然后我想起卡翠欧娜·德拉亨特……我从窗户上下来,像孩子一样大哭起来。

如今我十六岁了。莉莉已经结婚。托尼也在一场飓风般的浪漫恋情之后结婚了。吉姆是下一个进入结婚队列的。我怀疑帕蒂正在用他教给彼得的办法追求女孩子,尽管彼得也会挺着胸脯告诉帕蒂,在这方面他可以传授帕蒂一些实用技巧。莫娜每晚都会出去跳舞,她几乎总和父亲争吵不休,因为父亲要求她在外面不能待到超过晚上十一点。她总是很晚回来,悄悄地打开大门,脱掉高跟鞋,踩着尼龙袜,像猫一样蹑手蹑脚地上楼,然后在楼梯上就会撞见父亲!

一年后,彼得离开了学校,也成了一名泥瓦匠,在吉姆手下学徒。父亲坚信他所有的儿子们都应该像他一样成为泥瓦匠,甚至从不去考虑他们是不是还有别的打算。到目前为止他可以说很成功,吉姆、托尼、帕蒂和彼得都做了泥瓦匠,挣着不错的薪水。

"他会成为你们这群人里最好的泥瓦匠。"父亲有时喝了点酒,会在大家面前指着我这样说,"你现在去盖房子一周能挣五英镑,克里斯,穿上粗棉布工作服,手里握着一把像样的钢铲子。"我讨厌砌砖,因为我显然做不了。

几个月后,一种新的感受开始在我体内膨胀——那是一种可怕的感觉。在痛苦和消沉之外,我还感到了憎恨。我憎恨这个世界,因为我吐字不清的口齿、扭曲的双手,还有无用的肢体。我看着周围正常而完美的一切,无数次地问自己,为什么我生下来和别人就不同?为什么我和别人有着同样的感受、同样的需求和敏锐,但却有一副无用的身体——不仅被剥夺了正常生活的权利,甚至看到自己就感到恶心?我应该期待什么?除了成为一个用脚趾画画的废物,我的人生还有什么指望?人们总说我用脚趾画画简直是个奇迹,说我很幸运,是个不同凡响的男孩。但我用左脚画的画又有什么用呢?他们说我不同凡响又有什么意义呢?我不想成为不同凡响的——我只想是正常的,像所有人那样。仅仅因为我用左脚做别人用手做的事情,人们就说这棒极了。或许是吧——我不知道。我用左脚仅仅是因为我的手毫无用处,但这不会让我觉得骄傲或特别。事实上,只要有任何不熟悉的人在场,我从来不用自己的左脚,因为这让我觉得很愚蠢和笨拙,就好像是一只给人表演的猴子或海豹。

突然有一天,我想到一个主意。我一直都喜欢写信,当然大多都是写给卡翠欧娜·德拉亨特。我还记得写给她的信多数是关于那些马，或者描述母亲新生的宝宝。但现在我决定尝试点更有野心的事情，不只写信，也写些故事。这个想法不停地发酵，直到充斥了我的整个脑海。

这之前我没读过多少书。在家里，书是很罕见的事物，相比起来面包要重要得多。填饱肚子比充实我们的头脑更为要紧。即便这样，我的脑袋里还是挤满了无数的想法，无法只通过画画来表达。冬季的一天，我躺在床上，正用脚趾夹着一根稻草在被雨水冲洗过的窗户上漫不经心地画着，突然，我萌生了一种冲动，我想用单词试着把我的想法记在纸上。

我立刻找到一个六便士的便签本开始写起来。我完全不知道自己在干什么。只是坐在那儿，把我脑海里冒出来的东西一股脑记下来。那是一大堆彼此之间几乎毫无关联的单词、语句和段落，就像把我的颜料调在一起变成一团色彩。我进行着单词的游戏，仿佛一个迷上了新玩具的小孩，我把它们在纸上写下来，然后带着惊奇的眼光看着它们。

之后，我开始组织这些单词，试着用一种结构把它们联系在一起，就像画画一样。终于我开始在其中放入我的想法，过了一会儿，它们就不仅仅是单词，还有了意义；不再是无关联的字母，而是一些想法。

我最早在五岁时就学会了用脚趾写字，但一直到十七岁，我才意识到原来这是一把通向新生活的钥匙。在这里,我可以探索精神世界的新领域,建立一个属于自己的世界,一个独立于其他人、使我可以独自生活的世界。就像彼得以及其他所有人可以用砖瓦砌房子那样,现在我也可以,而且盖的不仅是一座房子,而是我自己的整个世界;不是那个由砖和泥浆建造的世界,而是由思维和想法构成的崭新的世界。

从那时起,写作成了我唯一真正感兴趣的东西。就仿佛画笔在过去犹如我的权杖一样,现在铅笔很少会离开我的脚。我写一些关于蛮荒的美国西部的故事,编造激烈的打斗和翻滚的马车。这些大多来自我童年时看画册的记忆。我笔下的角色都是嚼着烟草、挎着枪的男人,白天骑马,晚上就喝个通宵,女孩们都有着凹凸有致的身材、顾盼流连的眼睛,除了喝着杜松子酒寻欢作乐,几乎无所事事。

在故事的开头,我常常会设置大约二十个角色,但写到一半我就很困惑,不知拿他们怎么办,这时我就挨个儿让他们被打死,直到大概只剩下两个主要角色。我的便签本常常就变成了一座坟场。

后来我变得多愁善感,开始写一些伤感的小故事,主题大约都是"男孩和女孩的邂逅"。这些故事充满着浪漫且梦幻的想象,我很享受创作的过程,但事后总会悲伤、烦躁,因为尽管我可以极尽生动地去设想这些故事,但在现实生活中,我却永远不会有这样的经历。

我甚至还尝试写侦探"惊悚"小说,故事里充斥着子弹和尸体。每当感到沮丧的时候,我就拿起铅笔,用一些病态的描述写在地下室和阁楼发现的腐烂的尸体,或是在死寂的夜晚,阴湿老旧的乡间别墅里突然发出的叫喊声。

我的故事总是极尽戏剧化,在这些最初的写作尝试里,我并不满足于"杀死"我的角色,还尽可能地用最漫长的方式杀死他们。射杀还不够,我把他们切成碎片,挫骨扬灰。这一切都非常的暴力血腥。

即便现在,我依然觉得自己不快乐,但至少我有事可做。我找到了一种方式来消磨每天乏味的生活。就像打开一瓶姜味汽水,让所有被压抑的气泡跑掉。生活对我来说不再那么透不过气来。

但一如既往地,不管我做什么,去到哪里,我都感到孤独和焦灼。我的生活像被链条捆缚住。随着我的心智变成熟,我越来越意识到身体上的缺陷,以至于这种残疾似乎让我实实在在地感受到了生埋上的痛苦。在我的人生里,没有所谓的新的一天——每一天都不过是往日的重复,没有任何改变,也没有改变的希望。

十七岁时,仿佛所有事情都在向我涌来。我的情感需求已经开始萌生。那些过去孩子般的心血来潮,现在已经是成年的需求;过去的任性如今成了实在的感伤。我渴望朋友,渴望同龄人不是出于同情的陪伴。我也并没有因为残疾不能出门,就不渴望那些构成同龄人日常生活的一切:足球、舞会、酒会和女孩。当我意识到我和童年时期的那些伙伴建立的朋友关系都随着青春期的到来而破裂时,我感到一阵钻心的疼痛。随着我的成长,我不仅没能更好地接纳自己的残疾,反而愈发感到困扰和痛苦。

紧接着,最终的灾难来临了。一天,卡翠欧娜·德拉亨特来看我,当她站在厨房窗边的一束阳光里,把手放在椅背上时,我看到她的手上有什么在闪闪发光。我凝神细看,发现是一枚订婚钻戒。我盯着它出了神,几分钟后,她红着脸,伸手给母亲看她的戒指,问母亲是不是喜欢。母亲恭喜了她,她又转身给我看,我咕哝着别过脸去。

"不要哭丧着脸,"她对我说,脸上挂着她独有的微笑,她把一只手放在我的肩上,"我结婚后也还会来看你。"

几个月后她就结婚了,那是一个六月和煦的早上,在大学教堂里。母亲用轮椅推着我来到婚礼。还有一大群她的朋友都来了。她和丈夫从教堂里出来看到我时,明亮的笑容点亮了她可爱的脸庞。我无法抗拒那样的笑容。

如今她不再是卡翠欧娜·德拉亨特,而变成了马圭尔夫人。这名字很好听,但很长时间我都无法适应。我见到了马圭尔先生,他人很好,但我充满了嫉妒。

又过了几个月。家里一直在发生着变化,我们现在似乎分成了两组家庭,和我一起长大的那些兄弟姐妹是一个组,在我们之后出生的形成了另一组。我们是"年长"的那拨,他们则是"年轻"的。母亲和我小时候没什么两样,也许胖了点,黑发略微有些斑白,但她的脸上还是惯常的笑容,蓝眼睛明亮有神,步伐轻快。母亲总是无可战胜的。父亲则老了许多,一头蓬松茂密的浅发已经不在,只余太阳穴旁的两缕,怎么看都像被粘上去的两团灰色羊毛。但他依然像钉子一样硬实。因为不停地搬重物、抡铲子,他的双手坚硬、骨节突出。他有时也会吼我们,但我知道他为所有孩子都感到骄傲极了。

我做了舅舅,因为莉莉已经有了三个孩子。我们开玩笑说她要打破母亲的纪录了。

"延续家族的传统,莉!"我们对她说,"可别让我们失望!"

即使身处这个大家庭中,我依然感觉格格不入,像是一个"奇怪的外人"。我无法融入他们,也无法进入那种令大家感到鼓舞和兴奋的情绪之中。也许大家并没有什么实际的变化,但我总觉得自己离他们越来越远。好像每一天,我都在漂离其他人生活的轨道。即使和大家待在一起,我也从未这么强烈地感觉到自己离大家那么的远,离他们每天所从事、所坚信的一切那么的远。

在我十七岁生日的那个晚上,我从躺着的沙发上爬起来,费力地来到后院。我感觉很热,想呼吸点新鲜空气。我爬到一棵树下,坐在一块破木板上。六月的空气里溢满了花香。万籁俱寂,我听到头顶树枝上鸟儿的啾鸣,还有远处汽车喇叭的笛声。我倚靠在一棵颓唐的老树下,月光透过树枝,在我身前的地面上投下光影。后窗是一方昏黄的光亮,厨房的嘈杂人声透过窗户传进我的耳朵。

那是个美丽的夜晚,宁静、温柔、生机勃勃。月光给一切覆上了银霜。我甚至感觉自己听到了星星在夜空闪烁的声音。

我坐在那块残破的木板上,沉浸在夜晚的宁静和安详中,仿佛迷失在了一个被月光照亮的梦境,现实世界中地狱般的一切都离我远去。在那一刻,我感觉到快乐。但接着记忆开始苏醒。未来在我面前像黑洞一样裂开,我感觉被困住、被勒紧。

我是什么?我坐在那里自问。不过是上帝开的一个玩笑!我的人生毫无章法,没有意义和价值。我被幽禁在四周的围墙里,越长大越感觉被束缚。我疯狂地渴望着自由;迫切地希望打破束缚,逃离这一切。

第九章
卢尔德

我从小就热爱音乐。小时候,我在收音机旁一坐就是很久,听着不知是什么类型但十分吸引我的音乐。慢慢地我学会了分辨,我喜欢的音乐是全家人都讨厌并且绝对不会听的那种——后来我才知道那是"古典乐"。随着我长大,我越来越沉浸在这种音乐中,每当母亲看到我坐在那里入迷地听着交响乐会或一些歌剧,她都会翻个白眼,嘟囔着:

"你和你这要命的音乐啊!"

而我真正领略到音乐之美,是有一天,我正在楼上写作,隐隐听到楼下收音机里飘来的旋律。我立刻从床上跳下来,几乎是冲到楼下,以最快的速度爬到厨房里。我在那里听着这音乐,仿佛灵魂出窍一般,它徐缓、庄严、高雅,简直是美妙绝伦。它似乎沉浸入我的身体,轻扣着我内心最深处的那根弦,让我的整个灵魂因狂喜而震颤。我坐在那里,失神于这个被音乐充满的世界,直到最后一缕旋律散去。我安静地坐了许久,慢慢地才回过神来。这是我第一次听到亨德尔的《广板》①,这段经历我始终难忘。

音乐为我打开了另一个崭新的世界。一个明亮而美丽的世界,它有时也轻快、喧闹,但更多的时候深沉而哀伤。在我的生活里,从没有机会去现场听一次歌剧或交响乐,我听到的所有音乐都来自那台收音机,但即便如此,我还是很快就熟悉了所有伟大的作曲家和他们的乐曲。肖邦成了我的最爱:只要有时间,我可以坐在那里一整天都在听他的钢琴曲。

当我沉浸在音乐里的时候,常常感觉生活并不是我想象的那样沉闷、无意义。我似乎看到一切在一点点就绪,宛如一张巨幅拼图,随着碎片被一片片归位,它的轮廓慢慢显现。我仿佛感觉到,在我听音乐的时候,有一股情绪的暗流在给我带来平静和希望,随之而来的还有一种微弱的预示或信号:有什么要到来了。

---

① 格奥尔格·弗里德里希·亨德尔(Georg Friedrich Händel,1685—1759),巴洛克音乐作曲家,代表作为《弥赛亚》。《广板》(Largo)为亨德尔在1738年创作的一部题为《塞尔斯》(Serse)的意大利式歌剧的咏叹调。旋律优雅、抒情,广为传唱。

但只有和音乐相伴的时候,我才会产生这样的感觉。就像是在门窗再次关紧之前呼吸一口新鲜的空气、瞧见一眼天空。我没有其他事可做,只能回到我的铅笔和便签本前。我看着兄弟姐妹们长大,从少年成长为男人和女人。

纵使有音乐,这幢房子还是宛如一座监牢,我被囚禁在四墙之内。我想和失败的感觉作斗争,我憎恨那种被击败的感觉。但这种微弱的意愿刚一升起来,很快又会消散。我开始厌倦新的一天的到来。最糟糕的是,我开始感觉我遭受的这一切折磨背后,充斥的只是愚蠢、残酷,和虚无。有时我也会想起上帝,但也是带着一种憎恨之情。每个晚上我都会和大家一起祈祷,但只是机械地这样做,我念祷告词的时候,也不会投入任何真诚的想法。而随着我长大,上帝似乎也离我远去了。

一天,马圭尔夫人来看我时问:"克里斯蒂,你想不想到卢尔德①去?"

我总是听人们谈起卢尔德,自然非常想去,一方面旅行令我兴奋,另一方面,尽管我对宗教没什么兴趣,但在我的心底

---

① 卢尔德(Lourdes),法国的宗教圣地,位于法国南部靠近西班牙边界的波河(Gave de Pau)的岸边,据说那里的天然圣水可治疑难症,尤其是久治不愈的瘫痪症。

还潜藏着一点希望,我从不敢说出来,甚至自己都不敢面对,那就是,或许奇迹会在我身上发生呢。

"想。"我说,"但……钱怎么办?"

母亲买东西回来的时候,我们把这个想法告诉了她,她高兴极了。然后我们就开始计划,整个行程大约要花三十四英镑。这次朝圣之旅的组织者是卢尔德委员会,他们资助了我十英镑,第二天母亲又向我一位年迈的姑姑借了五英镑,我们最多也只能凑到这些了。

"放心吧,"马圭尔夫人说,"我会凑够剩下的钱。我叫我所有的朋友都来打桥牌,赌注下得大些,比如五先令一百分,等他们都输了,赢的钱就足够送你去卢尔德了。"她露出了自信的笑容,我知道一定没问题。而事实正是如此。

动身前几个小时,我十分忐忑。这是我第一次出国,更糟糕的是,我要独自旅行——换句话说,没有熟悉的人同行。这让我有些害怕。人们听得懂我在说什么吗?我怎么吃饭?怎么穿衣洗漱,上床睡觉?尽管已经十八岁了,我还是需要有人喂我,帮我穿衣服、洗澡,一直是父亲照料我这一切。我几乎无法自理——只有左脚可以行动。

母亲和马圭尔夫妇送我去机场,开车的是马圭尔先生。凌晨三点,我们就动身出发了。

两个十分健壮的医护人员用担架把我抬上了飞机。当然我并不是真正的病患,我被安排在了靠窗的位置,这让我很开心。一切都有条不紊,飞机上也舒服极了,我完全忘记了自己的担忧。医生很友好,牧师也很友好,护士们都很和善,特别是那位黑眼睛、浅色头发的。我叫她"甜樱桃"。

很快我们就飞过了爱尔兰海,然后是威尔士海岸,接着又过了英吉利海峡。这时我才开始观察一起朝圣的同伴们。

坐在我旁边的是一个十九岁的女孩,棕红色的头发修饰着她那虽然隐现着痛苦却依然漂亮的脸庞。她的双腿和脊柱都瘫痪了,眼里却充满了笑意。十岁那年,她患了小儿麻痹症,之后就再也不能走路。我们很快熟悉起来,她说她叫梅尔,来自威克洛郡①。她谈起看过的书和电影,还有她喜欢跳舞的姊妹,每次回来都会跟她讲舞蹈的事情。"有时候,我也好想去跳舞。"说这话时,她盯着窗外,眼神有些恍惚。我以为,不管怎样她看起来还是快乐的。但过了一会儿,我就听到她疲惫的叹息声,看到她一只手拂过额头,很痛苦的样子。"上帝啊,"她说,"总有一天我会能走路的。那时我就可以去我的第一场舞会了。"两天后,她就在卢尔德去世了。

---

① 威克洛郡,位于爱尔兰东部海岸的一个郡。

还有个男孩来自凯里①——好像叫丹尼——几个星期前,他的双腿和右手都瘫痪了。他反反复复提起的就只是那头他在农场挤过奶的牛。他说话带着一种乡下的口音,我们都笑他,但他满不在乎,还是继续谈论着"内莉",他的那头牛,以及等他康复了就可以再去给她挤奶了。

角落里有个上了年纪的女人,她双手瘫痪,脚已经变形,无时无刻不在祈祷着。有个健壮的男孩,脸庞黝黑,双目失明。还有个微笑的小女孩,聋哑了,她双手紧紧地抱着一个大玩偶。在我前面蹲坐着的是汤米,他的声音很动听,总是很欢快的样子。他的双臂和双腿都没了。在我的正后方躺着一位年轻的已婚女性,她在生了第一个孩子的一年后感染了肺结核。她很疲惫地俯卧在一副担架上,面色苍白,不时能听到她虚弱的呻吟声。在我们回都柏林的前几天,她陷入了昏迷,之后便在剧痛中去世了。

当我看到所有这些人都在各自的痛苦中备受煎熬,我陷入了新的思考。我很困惑;我从没想过世上会有这么多的苦难。一直以来,我就仿佛一只蜗牛,缩在自己狭小的壳里,直到此时此刻,我才开始看到外面这个喧嚷而庞杂的世界。所

---

① 凯里,爱尔兰西南部的一个郡。

有这些人不仅被痛苦折磨着,而且令我震惊的是,他们的残疾都要比我严重得多!在这之前我从没想过会有这种可能。仿佛自己一直以来都是盲的,直到此刻才亲眼看到、用心感受到别人的痛苦是多么的深重,相比起来,我自己的就完全不足挂齿了。

终于,飞机在塔布①机场降落了,我们来到了法国。我从飞机舷窗往外看,比利牛斯山脉②耸立在远处。机场里人头攒动,下飞机的时候,人们都在看向我们。他们大多是我在飞机上看到的那些附近农场的农民,乌乌泱泱的,宛如一块巨大的拼贴布床罩。

当我们所有人都被从飞机里抬出来之后,就上了一辆野外救护车,车子在蜿蜒的公路上行驶了很久,最终来到了修道院,也就是我们为期七天的朝圣之旅要待的地方。它就位于卢尔德的一个小镇上。

当车子开进修道院前的广场时,我一眼就看到了著名的圣殿③和美丽的玫瑰广场。教堂细长尖顶上的金色十字架耸

---

① 塔布,法国西南部城市。
② 比利牛斯山脉,欧洲西南部最大的山脉,也是法国和西班牙两国的国界山。
③ 圣殿,即露德玫瑰圣母圣殿,位于法国露德圣母朝圣地内,是礼敬露德圣母的天主教朝圣地,包括山洞、附近的流出露德圣水的泉流,还有若干教堂和宗座圣殿等。

入湛蓝的天空,从教堂里传出了唱诗班赞颂圣母玛利亚的圣歌。广场上已经挤满了人,有的在朝拜,有的坐在四周的椅子上阅读,有的在阳光下打盹,还有的人一边游览一边拍照。

我们被抬下了救护车,然后坐着一种类似中国的三轮车一样的车子进入了修道院。时间已经接近正午,室外阳光刺眼,直穿过一览无余的天空,但住处却清爽阴凉。很快到了晚餐时间,一位年轻的护士用勺子喂我,而我实在太饿了,丝毫没有对此感到难为情。

第一天我们没有去山洞,由于经历了长途旅行,医护人员建议我们先休息。身处陌生的环境,我仿佛一个新生儿,到了晚上,我开始感到孤独,像被遗弃了一般。我努力试着去祈祷,但止不住地想起父母和我的家。当我正要把脑袋埋进毯子里暗自流泪时,门开了,值夜的护士走了进来。我的心猛地一跳——又是"甜樱桃",一团金色卷发卖弄风情般地从她笔挺的护士帽里露出来。她挨个床走过来,确认我们是不是睡得舒服。当她走到我的床边,露出了明媚的笑容,她问我是不是要再整理下被子。

"哦好的。"我迅速回应,尽管我的被子已经裹得够紧了。

"这样好多了。"她微笑着,一边帮我把床垫下的床单的边角折好,又把我的枕头弄得平整些。"现在舒服了吗?"

"非常。"我咕哝着。入睡前我脑海里的最后一个画面,就是当她弯腰把被子拉过我的肩膀时露出的微笑。那晚我睡得很好。

第二天早上,我们被带去著名的疗养浴场,那里已经聚集了来自各个国家的人群,都在等候去沐浴自地下泉眼涌出的神奇圣水,这个现代化的浴场就建在这些泉眼之上。

排队等候时,我环顾四周,大概有三百人聚集在浴场所在的低矮混凝土建筑前的广场上。而近四分之三的人都像我一样坐着轮椅。有人不能坐起来,就不得不一直躺着。有人四肢都没了,还有些人拄着拐杖,一瘸一拐地走来走去。我看到所有人——失去双腿的,失去胳膊的,目盲的,都躺在初升的太阳底下,就像是活死人一般。这情景像极了雨果笔下的圣迹区①,在他们中间,我感到自己是那么渺小和微不足道。

现在轮到我去沐浴了。我被两个法国人用轮椅推进去,放在一张木质长凳上,脱掉衣服。这幢建筑里所有的隔间都是大理石筑成,浴池是从地面上凿出来的一个方形的、深长的洞穴,可以通过台阶走进水里。对面墙上挂着一个简易的木质耶稣受难十字架,在它的下方用拉丁文刻着祷告者的名字。

---

① 这里指雨果的小说《巴黎圣母院》。"圣迹区"是一个充满乞丐和流浪汉的贫民区。

我被轻轻地架着胳膊提起来,带到台阶上,然后慢慢沉入水里。当我感到冰凉的水没过我的头顶时,几乎要喘不过气来。我被迅速地拎起来,其中一个人用生涩的英语问我要不要再进到水里一次。我点头,他们再一次放我进去。我听到这两个人在上面用法语祷告着,然后他们把我拎出来,其中一人拿一个小十字架放在我的唇边,让我亲吻它。

我说不清是否仅仅出于我的幻想,但当我从水里出来的时候,我感觉自己获得了新生;就像是从墓穴里径直走到了阳光底下。

那天下午,我第一次看到了洞窟。卢尔德挤满了人,在我坐着轮椅前往圣殿的路上,大批的朝圣者从我身旁经过,空气里充斥着各种各样的语言:法式意大利语、西班牙语、葡萄牙语、瑞典语、丹麦语——太多种语言组成了疯狂的混响曲。而每个人,不管是来自都柏林还是罗马,巴黎或是斯德哥尔摩,米兰或是马德里,在这一天都怀揣着同样的目的,来祈祷和祈愿。

当我抵达洞窟时,除了低头跪在山洞前的黑压压的人群,几乎什么都看不到。但现场依然很有秩序,有一条轮椅专道,为了让我们能更靠近圣像。

很快我和大家一起来到了圣坛围栏前。我惶恐地抬起眼睛,望着那座大理石雕像,眼前是一位高挑、美丽的女性,身着蓝色长袍,一个农家小女孩跪在她面前,女孩的双手因狂喜而紧握着。从石壁上凿出的壁龛里,圣母玛利亚目光沉静地凝视着她面前这众多的孩子,他们跪在她的脚下,向她诉说着各自的爱与悲伤。

我一遍又一遍地祈祷,希望自己能被治愈。

那天晚上,我参加了一场环绕这个小镇的烛光游行。那一情景我始终难忘。

从晚上七点钟到八点,成千上万人聚集在玫瑰广场,暮色降临,周围的群山都披上了一层薄雾,上万支蜡烛被点燃,从教堂到圣像的行进开始了,带队的是参加这次朝圣之旅的各国教会最重要的人物。美丽的大教堂整个正面都被照亮了,在如天鹅绒般的黑色夜幕的映衬下显得格外夺目。

我们穿行在小镇里,在前往洞窟的路上,人群中响起了《圣母颂》的吟唱声。柔和的夜色中,音符时高时低,在四周的山间回响着。又有几千人加入队伍,他们都手持点燃的蜡烛,烛光在微风中闪烁跃动。

相比之下,洞穴沉浸在一片黑暗中,只留有一支蜡烛在大理石的祭台上。人们依然唱着圣歌,在圣像前排成半圆形跪下,手中蜡烛的火光照亮了这一场景,圣母头顶的珍珠王冠闪着熠熠光辉。

这是我生命中最美丽的时刻。

当我们抵达都柏林时,我还在沉睡。感到一只手触碰到我的肩膀,轻轻摇了摇,我就醒了。

"我们回到家了。"

我睡眼惺忪地抬头,正想打个哈欠,这时发现我眼前是"甜樱桃"。她站在我面前,微笑着。不知从哪里她听说了我会用左脚画画,就问我,等我回家之后,如果有时间,能不能给她画一幅。我使劲儿点点头,表示我有世界上所有的时间。然后她问我的地址,以便来取画。我努力想要告诉她,但从嘴里冒出来的都是一些不知所云的乱糟糟的声音。我又试了一遍。我要绝望了。这时我猛地扯掉左脚上的鞋和袜子,向后倚靠着,左脚举过头顶,从她胸口的口袋里夹出一支铅笔,在她的祷告书的白页上写下了我的地址。

然后到了离别的时刻。当我被抬上回家的救护车时,我回头望去,她站在飞机的扶梯上,和一个浅色头发、高挑英俊的机组人员在大笑。我恨那个人。

她并没有来取画。

家……在我离开了一周之后,家人见到我都高兴极了。我也很开心又见到这些熟悉的面孔。法国很美;但卡梅吉①是我的家。

看过了这么多奇异的景象,经历了这么多令人兴奋的事情,此刻我还处在眩晕之中。过去的一周,在那些让人目不暇接的人与事物之中,我几乎忘了自己。

但在家里一切都不同了。这里的每个人都健康、正常——除了我。我的兄弟姐妹们不同于我在卢尔德见到的那些人;他们能够走路、讲话,可以做正常人所能做的一切事情。彼得和帕蒂谈话时,吐字清晰极了;你明白他们在说什么。而当我讲话的时候,只会发出奇怪杂乱的声响。我的兄弟们可以自如地使用他们的双手,而当我想用自己的双手时,它们只会东倒西歪。

过了些日子,卢尔德渐渐成了一种回忆。当魔法褪去,我又开始察觉到自我,意识到自己生活的空洞和无趣。卢尔德的行程结束了,我和过去并没有什么两样。

我感觉自己好像回到了过去的状态,一切如旧。我憎恶过去的生活方式和思考方式。我希望能有什么支撑我活下

---

① 卡梅吉,都柏林南部郊区,克里斯蒂的家在这里。

去，但却什么也没有。我希望我的人生能有个目标，有某种价值，但却也没有。它空空如也，毫无意义。我感到了无生趣，我在寻找自己永远也找不到的东西，试图抓住自己始终无法抓住的什么。

我很清楚，不管我表面上做出什么样子，不管我在别人面前如何伪装自己、如何欺骗自己，只要我还是残疾的，我就永远不会获得快乐和宁静。我记得卢尔德，以及去山洞的路上遇到的那些人。我也想试着像他们一样——耐心、愉悦，向苦难屈服，等待着在另一个世界将会降临的福祉。但这对我却没有用。我有更多人性的部分，并不是一个把心全然交给上帝的谦卑奴仆。在思考另一个世界之前，我还想更多地去看、去了解这个世界。纵然目睹了卢尔德的奇妙与美丽，但我始终还是那个没怎么学会向命运屈服的男孩。

第十章

母亲建造的房子

卢尔德在我的记忆里始终挥之不去。我看到自己并不像过去所以为的那样孤独、被隔绝,而只是这个世界上被苦难笼罩的千万人之一。我记得那些从世界各地来到山洞的圣母像脚下祈祷、许愿的人们,他们饱受苦难的折磨,但脸上却闪烁着勇气和坚韧不拔的光芒。在那些一同祈祷的人的眼睛里,我看到了自己的人生故事。那些男男女女都说着不同的语言,在生活中怀揣着不同的梦想,现在却因承受着相似的苦难而组成了一个大家庭,成了兄弟姐妹。在那个神圣的小山村里,没有人会觉得其他任何人是外人。一切人与人、国家与国家之间的界限都土崩瓦解,因为我们都饱受痛苦折磨,而迫切地渴望理解和交流。

而现在我又回到家里,远离了壮观、神圣的卢尔德,远离了在和别人的理解与交流中使我忘记自己的一切。现在我的身边已经不是遭受苦难折磨的人们,而是我的家人,他们强壮、健康、正常。虽然他们无意凸显这种差别,但相比之下,我更觉得自己像是一只木偶。曾有一段时间,我仿佛获得了自由的鸟儿,但现在又要被关回笼子里。

回到家大概一周之后,那种可怕的孤独感又开始啃噬我的身体,我的脑子一片混乱。我试着在阅读中忘记自我,马圭尔夫人送了我很多书。但除了狄更斯,我什么都看不进去。尽管他的书常常让我捧腹大笑,但最终带来的还是悲伤。

母亲看到了我的沮丧。随着时间推移,我越来越多地在想我的生命中那些"本来应该怎样"的事情。现在,当我开始明白这所有的渴望以及我失去的一切,想到它们只会让我更加痛苦。尽管我和母亲依然能够理解彼此,但她已经无法用言语来安慰我,或是开个玩笑来扫除我那些悲伤的小情绪。即使在我和母亲之间,也仿佛有了某种屏障,那是一堵新的玻璃墙,让我们无法触碰彼此。我在感受和渴望的一切,母亲也只能很模糊地明白。

一个周四的晚上,大概是我从卢尔德回来后的七八天后,我坐在窗边,了无生趣地望着窗外,秋日的黄昏渐渐笼罩街道,升起暗紫色的雾霭。我身后的厨房里,母亲已经做好晚餐,平底锅里的香肠滋滋响着,所有的孩子叽叽喳喳地都围在她身旁。莫娜站在镜子前涂口红、往鼻子上搽粉,像往常一样准备去跳舞;彼得看起来很是得意,正兴致勃勃地拿一块旧羊毛布擦亮鞋子,还冲我猛眨一下眼睛,意思是晚上有约会。

突然,我眼角的余光瞥见一辆车转过路对面的弯道,车灯刺破了沉沉的暮色。然后消失在一片灌木丛后,但过了片刻又出现了,而且停在了我家门外。一个人从车里走出来,站在门口不确定地瞧了瞧门牌号,接着显然是很满意地打开大门,走上台阶。

"有人来了。"我咕哝着。"谁?"彼得问道,他注意到了停着的那辆车。

"看。"我闷哼了一声。

听到敲门声,母亲出去开门。我听到她在客厅门口和人说话,过了一会儿,她就带着一个陌生人回到厨房。

"这是克里斯蒂。"他们走过来时,母亲告诉他。

当他站在我面前冲我微笑时,我抬头看向他。这是个健壮的男人,灰绿色的眼睛,当它们看向我时,好像能看穿我一样。

他坐在旁边的一张椅子上,告诉我他是一名医生,在我很小的时候就见过我,后来在一场慈善电影放映时,看到我被哥哥背着。不知为何他总是忘不掉我，于是几天前就开始打听我的消息。

然后他起身，若有所思地走了好一会儿，最后坐在桌子的一角，双臂抱在胸前。开始说话。

"克里斯蒂，"他说，声音低沉且愉悦，"现在有一种治疗脑性瘫痪的新疗法——就是你患的病症。我相信你能被治好——只要你愿意尽全力配合我们。你之前没接受过任何治疗，一定非常想康复吧。"然后他俯身，眼睛定定地看着我。"如果我帮你的话，你想试试吗？"他问我。

"我愿意试！"我心想。

我不能说话，所以没法回答他。只能盯着他看。但他一定在我的眼神中读懂了我的意愿，因为他站直了身子，满意地走过来，胳膊搭在我的肩膀上，说：

"好！我们明天就开始。"

他说第二天会派一个助理过来为我做检查，并为我设计一套特殊的治疗方案，因为每个病人都要分别治疗，不能一起施治。我可以在家里接受治疗，因为他们还没有成立一所自己的特殊诊所。

他起身要走，但当他正要出门的时候止住了脚步，他转过身来。

"顺便说一句,"他缓缓一笑,说,"我叫科利斯医生。很快我们会再见面的。"说完他就走了。

当门在他身后关上的时候,我转身看着我周围的脸庞。它们都焕发着幸福和兴奋的光彩。父亲太过高兴,以至于当他给我倒茶的时候,手还在颤抖。

莫娜把她的舞会完全抛在了脑后。她冲我笑的时候,甚至没注意把手里的粉扑都撕碎了。彼得,善良的老彼得,往他的茶里加糖的时候,甚至错放成了两勺盐。

但我最留心观察的还是妈妈。她像我一样,并不轻易把心情写在脸上,但此刻她的脸上现出一种平和的喜悦、一种柔和的快乐的光泽。这比她过来搂住我的脖子,因感恩而放声哭泣对我来说更加意义重大。

而我——在人生的这一时刻,在我自从能够感知和梦想起就一直渴望的时刻,我又是什么样的感受?有那么一会儿,我的大脑一片空白,丧失了一切感觉,所有的感官都麻木了,脑子嗡嗡作响。我不能理解也无法相信自己真的可以被治愈。这超出了我的想象。我陷入深深的惊愕之中。

我好像沉入了一场迷蒙的梦境,听着所有人在我身旁的茶桌边激动地谈论着这件事,却无法分辨一个字。父亲每次把茶杯送到我的嘴边,我就心不在焉地抿一口茶,吞下我的面包。

晚些时候,当其他人用过了茶点都出去玩耍时,我和父母围坐在炉火旁,这时我才开始思考今天得知的这个消息,现实和真相也才开始进入我的脑海。我觉得自己并不像家里其他人那样感受到一种惯常的兴奋——而是为这个消息的奇异和不寻常之美而感到惊诧。

我去卢尔德时充满了喜悦与希望——几乎可以说是自信。一周后我回到家里,带着一些震撼,也许还多了点智慧,但依然是失落的。一切都和过去没有两样。去卢尔德之前我心情轻松,怀揣着信念,但回到家后却感到乏味和沉重,因为我知道,无论我多么强烈地想要改变,我的生活始终是那样:单调、空洞、苍白。

就在我日复一日地深陷于这种痛苦思索之时,一个医生突然到来,告诉我我可以被治愈!仅仅几句简单的话,他就改变了我的整个人生轨迹;我过去的生活因此获得了分量,未来也充满了希望,有了确切的目标;在我确信自己过去的岁月只是在虚度、毫无意义之时,是他让我的思想和抱负有了实现的可能,并且有了活下去、去努力和抗争的动力。

尽管这在当时只是一个渺茫的机会,只是偶然的事情,但对我来说(尤其是当后来我明白了它真正的意义,以及给我带来的一切),它在当时,以及从那之后来看,都仿佛是一个奇迹——一个美妙的小奇迹,并不仅仅是因为我获得了多少益处,更是因为它让我沉沦于痛苦和幻灭的人生获得了信念。我也因此明白,在命运的宏大布局中,我们每个人都是重要的,哪怕是最微不足道的那些人,因为我们都是参与其中的一部分;即使是最渺小、籍籍无名的那些人也十分重要,因为是他们一起努力,帮助支撑起那些重要的人物,让他们免于跌倒。在那灵光闪现的瞬间,我突然明白,我也有自己的角色要扮演,哪怕只是非常微小的部分。

那个夜晚,上床睡觉前,我做了感恩的祷告——并为自己过去的怀疑而忏悔。

第二天来为我做检查的医生是个年轻人,高个子,很英俊,行为举止带着明显的军人作风,这让人肃然起敬,尽管多少也让我感到一点压迫感。他的动作从容、细致,举手投足间传递着一种坦然的自信。我立刻就喜欢上了他。他叫路易斯·瓦尔南,这个名字我会永远记得,并且心怀感激和喜爱。

瓦尔南医生准备了一套治疗方案,其中主要是一些身体练习,我自己在家就可以进行,最多需要家人做一些简单的辅助。他告诉我这只是初步的测试,如果我的身体有反应,无论是多么微小的反应,他都可以让我进行下一套强度更高的、逐渐增加难度的训练。这些练习叫作物理疗法①,我觉得这名字完美厉害极了。

那之后瓦尔南医生每周来一次,确切说是每周日来。每当他来的时候,都会看着我把所有动作做一遍,对于那些我觉得困难的动作,他会认真地记下来,并且指出我哪里做得不对。

有趣的是,每当周日下午,到了瓦尔南医生要来的时间,家里的孩子们都会四处逃窜,甚至还因此跌倒。我觉得大家都有点敬畏瓦尔南医生,甚至可以说是害怕,因为尽管他和善有礼,举手投足无可挑剔,但却眼里容不得沙子;他对待工作非常认真,视工作高于一切。

一个周日的下午,瓦尔南医生比往常来得早了一点,厨房里挤满了我的兄弟姐妹,高高矮矮的。母亲立刻就把所有年纪小的孩子赶到楼上,接下来却不知拿大点的孩子怎么办。瓦尔南医生解决了这个难题。

"大家下午好啊,"他礼貌地问候,环视剩下的六七个孩子,"布朗夫人,看得出来你把小羊羔们都赶走了,但还有几只

---

① 物理疗法,原文为 physiotherapy。

羊留下了呢。"

然后他走到吉姆坐的位置。

"你好,你是吉姆吧?"他说,和蔼地笑了笑,"今天可是最适合出去走走了。我帮你把外套穿上吧。"

大家领会了瓦尔南医生的意思,都很幽默地配合他离开了。瓦尔南医生还扮演了门童。

瓦尔南医生在家里为我治疗的过程充满了困难,因为唯一可用的房间就是厨房,但厨房太小了,很不方便。在练习的过程中,我一伸脚,就会踢到炉膛,而当我转身趴着的时候,我的脑袋在椅子下面,腿却在桌子底下,于是我每次抬头的时候,都会听到"砰"的一声响。

"如果不是你长得太大了,克里斯蒂,那就是房间太小了。"他说。

"我觉得两者都是,医生。"母亲说。

"空间要是大一点就好了。"瓦尔南医生说着,叹了一口气,这时我的脑袋又"梆"地撞了一下,这已经是今天下午第三次还是第四次了。

房子的后面有一片空地,家人总想试着种点东西,但最后都没有成功。虽然他们也曾经种出了卷心菜、圆菜头还有土豆,但没过多久都枯死了。不管种进土里的是蔬菜还是花,好像都没有什么区别,这片土地顽固地拒绝被开垦,就好像要一直保持这种荒蛮的状态。

但母亲下定了决心要做出改变。她常常许诺我们,谁要是能在这里种出点东西,她就奖励二先令六便士。

而现在,她有了新的主意——突发的灵感。为什么不用另一种方式利用这个后院呢?如果我和瓦尔南医生能有个自己的房间,远离家里的吵闹和打扰,这将给我们带来莫大的帮助。于是母亲想,为什么不在后院搭建一个房间呢?这样我们就不会被打扰了。啊!但是需要钱——永远都是钱的问题!母亲并不清楚这究竟要花多少钱,但毕竟她生活在一个泥瓦匠的家庭里,只要不经意地向父亲和哥哥们询问一些相关的小问题,就可以逐渐计算出建材的耗费,最终她发现这需要整整五十镑。

尽管如此,母亲是不会被钱的问题打败的。她决心要把这个了不起的想法付诸实践,于是立马就开始行动——借钱,卖东西,加入金钱俱乐部,去信得过的当铺,在发现一些经济宽裕的叔伯姑母尚还在世之后一一拜访。接连几周,母亲都在进行着这项秘密的筹钱行动,除了我,家里没人知道。当然,在整个行动过程中,我都在精神上支持着母亲。

当母亲筹到二十镑左右的时候,她决定开始动工。她知道这事不能依靠父亲,因为他是一定会反对的,并还会搬出"当局",这是他最喜欢用的词,说他们不允许这样建房子,我们住的房子要遵守城市委员会的一些规定。

母亲把想法告诉了她的四个泥瓦匠儿子。但他们都没有表现得很积极。如果有人开了个头,他们都会很乐意上手干,但就像往常一样,没有人愿意做那个始作俑者。

母亲很坚定,她总是立刻就可以把想法付诸行动。她决定自己开始动手。一天下午,她出门订了一百块砖,四袋水泥,两袋砂浆。"先开个头!"她说。

这些东西当天就到了。当父亲晚上下班回到家,看到前院里整齐地摞满了砖头,几乎要崩溃了。他一个没站稳,扶住了大门。他看到那堆东西时,嘴巴大张着,但好像说不出话来。他蹒跚着走过门廊,打开门,用一种嘶哑的声音低声问母亲:"你想干什么?"

"哦,我忘了告诉你,"母亲把父亲的饭菜放在桌上,若无其事地说,"我要在后院给克里斯蒂盖一间屋子。"

"天哪!"父亲盯着她说道,"你想让我们都被赶出去吗?你知道自己在做什么吗?当局会——"

"是,是,我都知道,"母亲淡定地说,"现在你先吃饭,这才是你该做的,否则就要凉了。"

"除非你盖在我的尸体上。"父亲说,嘴里满是炖肉。

"当然,我会把你的尸体先埋了的。"母亲无比温柔地回应道。

眼看和母亲争论不起作用,父亲就决定采取不合作策略。他说他一块砖都不会往上垒,并且会建议家里的其他四位泥瓦匠不要参与这件事情。

有那么一会儿,我以为母亲被击溃了。但她只是笑笑,说:

"好极了,如果你们都不盖的话,那我就自己来。"

他们都笑起来——一个女人竟然想盖一座房子!

第二天母亲起得格外早,迅速地准备了早餐,送六个弟弟去上学,并且在上午做完了所有的家务,这样她就有整个下午的空闲时间。午饭时间还是照旧,母亲并没有对任何人说出她内心的打算。

大概下午四点钟,我突然意识到母亲已经在后院很长时间了。然后我就留意到从后院传来的一种奇怪的声响。出于好奇,我跌跌撞撞地来到餐具间的窗边,往外看去。

母亲在那里,正跪在草地上,她的一侧放着一桶水泥,另一侧有一罐水。她右手握着一把铲子,正骄傲地看着面前已经垒好的一排砖!

第十章 母亲建造的房子

那天晚上,母亲准备好晚餐和茶,悄悄地又来到后院[ ]起来。过了几分钟,父亲到后院找东西,碰巧看到了母亲[ ]一动不动站在那里,然后慢慢地走近正在垒高的墙,用脚[ ]碰墙壁。"这是什么?"他问,"你以为自己在干什么?"

母亲抬头。"我在给克里斯蒂盖房子。"说着,她又垒上[ ]块砖。

有那么一分钟,父亲什么都没有说,他只是在观察。然后他靠近了一些去看。他又伸出了手;然后收了回来。他又走到砖墙的另一头。他的上唇抽搐了一下;他停住了……最后他说:"看吧!你这个女人全都搞错了。你的地基呢?"

"我就知道我忘了什么。"母亲生气地回应。

这时其他四个泥瓦匠也出来了,大家聚在一起。

"看吧,孩子们,"父亲说,转身面向他们,"你们的母亲还想干我们的活儿!"

"太可怕了。"帕蒂说,他带着批评的眼光看着那排水泥砖,不赞许地摇摇头。"妈妈,你甚至都没有把它们垒平。"

"你是个女人,"彼得说,"总想着像个男人一样。回去洗碗吧,妈妈。"

"好,如果这是男人的工作,你们上手干吧。"她说。母亲起身,在围裙上擦了擦手。她慢慢地转身走了,留下了大家。

从我身边经过的时候,母亲笑了。

这五个泥瓦匠站在那里,面面相觑。

"来吧。"当母亲离开,回到了屋子里,父亲说,"我们干起来吧。"

他们就这样在后院为我盖起了一座小房子。施工的过程经历了很多周折,甚至一度看起来要无限期地停工了,阻碍我们的最主要原因是钱。母亲的二十镑很快就用完了,我们被迫停了下来。

一天,父亲问我这个只有四堵墙和地基的房子看起来怎么样。

"像没完成的交响乐。"我说。

母亲又东拼西凑了几英镑,于是房子继续建起来。大家请我做监工,我时不时地向他们指出哪部分希望建成什么样子,壁炉应该在哪里,窗户和门又应该在哪里。父亲和四个男孩关于技术问题总是有很多争执,我虽然听不懂,但总是努力做出一副很了解的样子。

几个月之后,房顶建好了,天花板也架了上去。然而资金再一次告急,施工不得不停了下来。

后来事情出现了转机。他们开始铺地板,砌壁炉,接着装上了窗框和门。烟囱也盖好了,这样就算没有别的,我们至少也可以在房间里生火了!

慢慢地,房子逐渐有了雏形;安上了窗棂,粉刷了墙壁,地板四周还装上了木质踢脚板①。就建筑本身而言,它已经算完工了。

但它看起来仍然像一个没有人气的仓储间,现在需要做的就是放进一些家具,让它拥有生活的气息。

家具一件件搬了进来——一个长沙发,一张床,几把椅子和一张桌子。我的姐夫,一个木工,为我做了一个漂亮的小橱柜,用来放杂物。地上铺了油毡,墙壁贴上墙纸,还挂上了窗帘。又过了几天,房间里装上了电灯,门框和窗棂也粉刷了,终于可以搬进去住了。

最初这个房间只是用来做练习室,类似于健身房,方便瓦尔南医生为我做治疗而不被打扰。但渐渐地,它就变成了我的书房和卧室,我在这里吃饭、阅读、写作和睡觉。我还让他们给我装了一个书架,没过多久它就被一本一本地填满了。

终于,我从家里脱身出来,远离了大房子里的吵闹和忙乱。现在,我至少可以舒服地享受一个人的时光,随心所欲地写作和画画,耳边再也听不到不间断的咚咚的吵闹声。到了

---

① 踢脚板,地面和墙面相交处的一个重要构造节点,起保护作用,更好地使墙体和地面之间结合牢固。

夏天，我打开窗户，坐在窗边读书，传入耳朵的只有窗外鸟儿欢快的和鸣声；冬天则更加美妙，我坐在黑暗中的火炉旁，看着红色的火光在墙上舞蹈，当光影落在书架上的书脊上，那些烫金的字在幽暗中格外的夺目。

我的阅读范围依然很窄，陪伴我的主要是查尔斯·狄更斯。我一口气读完了他的六七本书，最喜欢的就是《大卫·科波菲尔》，这本书我读了三遍，兴趣却丝毫不减。而带给我最多震撼和惊奇的是《库克船长的航行》①，这本书是马圭尔夫人在圣诞节时送我的，我还记得每当我读到那些不为人知的岛屿、海难，以及当无助的船只挣扎在荒礁上，一群群嗜血的野人在沙滩上欢呼时，心里止不住的好奇和兴奋。

阅读使我心里燃起一种梦想，我希望有一天能到世界各地的那些著名的城市里旅行，见到不同的人，去看各种陌生的风景。我的脑海里不停地构想着一个又一个的画面：死寂的废墟之城；水汽氤氲、生灵活跃的丛林；渺无人烟的荒漠，一望无际的黄沙被阳光无情地炙烤着。

---

① 《库克船长的航行》，*Captain Cook's Voyages*，作者詹姆斯·库克（1728—1779），人称库克船长，是英国皇家海军军官、航海家、探险家和制图师，他曾经三度奉命出海前往太平洋，带领船员成为首批登陆澳洲东岸和夏威夷群岛的欧洲人，也创下首次由欧洲船只环绕新西兰航行的纪录。

这给我带来了莫大的乐趣,在书本的字里行间,我用想象进行着一次次的旅行。虽然我阅读的范围有限并且狭窄,但它帮助我了解着我幽居的四墙之外的那个世界。

与此同时,我的治疗也还在瓦尔南医生的帮助下进行着。现在我们有了更多活动的空间,也更便于进行治疗。但因为脑性瘫痪这种疾病发生的根本原因还没有被发现,针对这项病症的治疗也还处于非常初始和不成熟的阶段。

一天,科利斯医生突然到访,告诉我他决定带我去伦敦,去见他的一位姑嫂艾丽妮·科利斯,她是非常知名的治疗脑性瘫痪的专家。科利斯医生想在为我进行一整套康复治疗之前,先让她做出判断,看我是否会对治疗做出反应。他将请她在密德萨斯医院①亲自为我做检查,然后给出她的意见,看我能有多大几率过上正常的生活。

几天之后我就要坐飞机前往伦敦,瓦尔南医生已经提前出发,他会在诺霍特机场接我,然后开车送我去医院,去见科利斯夫人。母亲将一路与我同行。

我意识到一切将取决于科利斯夫人的结论——我的未来就在她的手里。如果她说治疗对于我的病情毫无益处,我将

---

① 密德萨斯医院,位于英国伦敦的一座历史悠久的医院,最初设立于1745年。

会回到科利斯医生见到我之前的样子,回到那些了无生趣、绝望无助的旧日子。

相反,如果她得出的结论是治疗在我身上会产生效果,我的人生将会获得意义,将会拥有一些最终的价值。我就可以去打破横亘在我和正常人生之间的那堵墙。

我站在了十字路口。

第十一章

飞机旅行

那是1949年1月,新年伊始,我和母亲搭乘前往伦敦的飞机,去见科利斯夫人,听候她的诊断。在伦敦我们只待了一天,这就是全部的行程了。但在那里待的这区区几个小时,却改变了我的整个人生。

我们猜母亲一定会很兴奋,大概还有点紧张,毕竟这是她第一次乘飞机旅行。

"你最好带上你的祷告书,"我打趣道,"这样圣彼得①才能保佑你的飞机之旅。"

但我们对母亲还没有真正的了解。她对于即将要乘飞机这件事表现得十分淡定。

---

① 圣彼得,早期基督教领袖人物之一,耶稣十二门徒之一。

"相比在地上死去,还不如死在天上。"她总结道。第二天她出门买了顶新帽子。

"这是去伦敦要戴的,"她声称,一边在镜子前试着帽子,"在克莱里斯①买的,好看吗?"

父亲从右边看了看,又转到左边,然后又换了几个不同的角度,接着定住身子,怀疑地打量着,又停下来,挠了挠头,说:

"嗯……还不错,注意,是非常——呃——有艺术气息。但是,告诉我,你想戴它去干什么?"

那是一只小小的黑色缎面的东西,缀满了华丽的羽毛,还有一片黑纱。

"太抢眼了,"彼得插了句,"大家以后会叫你孔雀夫人。"

尽管如此,我们飞伦敦那天母亲还是戴上了她的新帽子,当科利斯医生表示很喜欢这顶帽子的时候,她得意地笑了。

我本以为自己在坐飞机方面已经是个老手了,但这次却发生了严重的晕机反应,甚至有那么几分钟,我以为自己要死了。这时空姐来到我身边,问我要不要来一片晕机药;她说包里还有一些。

当我抬起头,那可怕的头痛立马消失了。我根本不需要

---

① 克莱里斯,Clerys,爱尔兰都柏林市一家历史悠久的百货商店,成立于1853年。

药片，因为当她在感受我的脉搏的时候，所有的不良反应都被我抛在了脑后。那是位迷人的空姐……

我们抵达诺霍特机场时是上午十一点，那是个晴朗而寒冷的周六上午。瓦尔南医生在机场接我们，他把我扛在肩膀上，然后送入了一辆已经等候在那里的出租车。我并不喜欢这样被别人扛着走，感觉很没有尊严，看上去很蠢的样子。我宁愿自己爬到出租车上。

车子开动，我们前往密德萨斯医院。当车在伦敦的马路上飞驰时，我望向车窗外，商店巨大的橱窗外人头攒动，红色的公交车、摩托车、自行车川流不息，噪声和人流交汇成一片。灰色的摩天大楼穿破蓝灰色的天空。在这里，从这座大都市的心脏发出的声音贯穿着每一个角落，无时无刻不在鸣响着。

没过多久，我看到远处一片鲜活的绿色，当我们靠近了，我发现是一座公园，四周栽满了漂亮的树木。

"这里是摄政公园[①]。"当我们经过公园时，瓦尔南医生解释道。

它使我想起都柏林的老凤凰公园，想起我儿时那些快乐的时光，我和哥哥们奔跑在唐纳利谷的绿草地上。许多年前，

[①] 摄政公园，Regent's Park，伦敦仅次于海德公园的第二大公园，也是伦敦的皇家公园之一。

我还只是个快乐的小孩,生活在属于自己的明亮的世界里——而现在,我已经十八岁,穿行在伦敦宽阔的街道上,奔赴一次意义重大的会面。我沉默着,出神地望着出租车窗外。因为我知道,用不了多久,我未来的道路就会在眼前明晰起来。我迫切地想得知答案,却又心怀恐惧,因为它将决定我未来的人生,也许会将我带到顶峰,又或许会把我抛入谷底。

最终,车子停在了一幢宏伟的石质建筑前,楼前砌着高高的台阶。这里就是密德萨斯医院了,我的目的地。我们上了电梯,来到一间小的问询室,在这里等候科利斯夫人。瓦尔南医生微笑着扶我坐到椅子上。

"害怕吗?"他问我,手指抚过壁炉台上的一座黄铜小雕像。

我摇摇头,但只不过是在给自己壮胆。

"你害怕,你心里是知道的,"他接着说,定睛看着我,"你怕极了,但即使对自己也固执地不肯承认。这很好。"

母亲的表现堪称完美,她平静地坐着,翻阅着桌上的杂志,大口嚼着自己带来的火腿三明治。这是她有生以来第一次离开都柏林,但却仿佛在自己家的厨房为孩子们的晚茶切面包一样淡定、愉悦。

但即使母亲没有表现出来,我也很清楚,她内心的感受和想法与我并没有什么区别。她和我一样明白这次会面于我而言的意义,我之后的全部人生将取决于这次诊断的结果。而且,甚至不需要发出一句求助的言语,她就会给予我她的勇气和力量,来面对这一切。

我身后的门突然开了。我扭头,看到一男一女走进了房间。我的目光立刻就被这位瘦小的女士吸引住了,她头发灰白,面庞英俊,步伐轻快。我确定这就是科利斯夫人,并且随着她的出现,我的疑虑和害怕很快消失了,她和蔼的笑容,毫不扭捏、自然放松的举止让我感到安心,无论她的诊断结果是什么。

"对不起我迟到了。"她对我们说。她坐在桌子一角,点燃了一根烟。有一会儿,她完全没有在注意我,只是随意地聊着天气、烟的价格,还有丘吉尔。然后她用手指弹了弹烟灰,从桌上下来,走到我这边。

"我只是想让你放松下来,克里斯蒂。"她笑着说。"你多大了?"她问我。当母亲正要告诉她时,她抬起手,礼貌地说:"让克里斯蒂自己告诉我——轻松一点。"

我努力咕哝着说我十八岁了。

"十八?"科利斯夫人说,"十八年的残疾对任何人来说都够长了,你觉不觉得是时候做点什么改变了?"我点头表示同意。"我和你想法一样!"她说,"那么,让我们看看能做点什么吧。"

然后她把和她一起进来的男人叫了过来。他很年轻,个子小小的,沙褐色的头发,还有一张瘦削愉快的脸庞。

"这位是加拉赫尔先生,"他走过来时,科利斯夫人说,"我们的同事。"

后来我和加拉赫尔先生成了非常好的朋友。他在治疗过程中帮了我很多,对我来说,他的名字将永远是友善和理解的代名词。

我的衣服被脱掉了,然后我躺在诊疗床上,科利斯夫人为我做检查,瓦尔南医生和加拉赫尔先生在一旁协助她。大部分时候,我听不太懂他们在说什么。时不时地听到"大脑""基底核①""不协调"等字眼,以及其他一些充满神秘感的词汇,它们对我来说都是完全陌生的。在检查的同时,科利斯夫人请母亲为她介绍了关于我病情的一些重要细节。

检查结束之后,加拉赫尔先生帮我穿上了衣服。然后他们四位——科利斯夫人、瓦尔南医生、加拉赫尔先生和我的母亲走到房间另一头的角落里,私下交流了一会儿。我一个人

---

① 基底核,医学名词,指大脑深部一系列神经核团组成的功能整体。

在床上坐着,心脏怦怦直跳,绝望地等候着结果。整个人都湿透了。仿佛在等待命运的裁决。

终于,科利斯夫人缓缓地从对面走来,坐在了我身边的床上。

"克里斯蒂,"她说,"你没有白来一趟伦敦。你的病是没有任何理由治不好的。"

我那颗充满喜悦的心猛地跳了一下。我要被治愈了!其他还有什么重要的呢?一切曾经的痛苦和悲伤现在都变成了快乐,它满溢在我的脸庞,我的心也因这种快乐而疯狂地跳动着。我仿佛要抵达快乐的巅峰了!

"没错,"科利斯夫人接着说,"你完全可以被治愈,只要你做好准备在接下来几年中进行一系列艰难的训练。但——"到这里她停顿了一下,平静地看着我,然后继续:"首先,你要做出一项重大的牺牲。没有任何收获是不需要付出代价的。你要付出的就是——你必须下决心以后不再使用你的左脚。"

我的左脚!可是它意味着我的一切——我只能用左脚来表达,来创作!它是我和外界交流的唯一方式,是我了解别人的思想、发出自己声音的唯一方式。我身体的其他部位都毫无用处和价值,只有这部分肢体,我的左脚,是我浑身上下唯一能够工作的部分。没有了它我只会陷入迷茫、喑哑和无助。

"是的,我知道这很难。"她的声音打断了我的思绪,"这是极大的牺牲。但也是唯一的出路——除此之外没有捷径。如果你继续使用你的左脚,也许有一天,你会凭借它成为伟大的艺术家或作家——但你永远不会康复了。永远也不能走路、说话,或使用你的双手,没有这些能力,你在任何地方都没法过上正常的生活。所以,我们还是回到这个问题——你能保证你将永远不再用你的左脚吗?"

我明白她说的有道理。显然没有其他折中的办法。从这一刻起,这将是一场没有退路的战斗,如果我想赢,就必须押上我的一切——要付出巨大的代价,甚至是残酷的代价,来赢得更高的回报。这看起来很可怕,但最终我会取得胜利。

"我会的。"我对科利斯夫人说——这是我有生以来说出的最清晰的一句话。

她握住了我的手,眼神闪烁着光芒。"好孩子。这并不容易,你必须全神贯注于接下来我们交给你的任务。并且这个过程会很漫长,极其漫长,特别是你的年龄已经这么大了。我们已经开始了第一步——接下来就看你的了。"

我不知道为什么接受治疗必须不再使用我的左脚,但后来科利斯夫人向我做了解释。她说,尽管使用脚对我的大脑是有好处的,它为我被压抑的精神提供了一个出口,但对我的身体却是不利的,这会给我身体的其他部位带来极大的压力,因此,即使左脚能够帮我释放部分精神上的紧张,却也会让我本就残疾的肌体变得更糟糕。当我可以用左脚来表达自己的时候,就不会再去尝试使用双手了。因此,如果我再也不能用脚来表达,我就会努力去利用身体的其他部位。

这听起来很合乎逻辑。没有比这更合理和令人信服的解释了。但语言和行动之间却还有着遥远的距离,只是这样想和真的去执行是远远不同的!对我来说,这并不仅仅意味着系紧我的鞋带、绑住我那可怜的左脚。远非如此。我感觉像是要把自己锁起来,丢掉钥匙。

但不这样做我又能怎么办呢?如果我因为太过胆怯而不敢尝试,那过去的所有痛苦和黑暗消极的时刻又会向我席卷而来,仿若冬日灰霾阴暗的天空。而如果我去尝试,"捆住"了我的左脚,我就能开启新的人生,拥有全新的思维和行动方式,这值得我做出任何牺牲。

当天晚上我们就飞回了都柏林,科利斯先生到机场接我们,开车送我们回家。看样子科利斯夫人已经和他通过了电话,得知了科利斯夫人的消息,科利斯先生格外高兴。他说最近他顺利地在都柏林的梅里恩大街成立了专门治疗脑性瘫痪的诊所,马耳他骑士团①和圣约翰救护队②同意从早上九点到中午十二点接送残疾孩子往返诊所。从下周一开始,我就开始去诊所治疗,救护队会来接我。

"没有什么是你战胜不了的,克里斯蒂,"母亲的手放在我的肩膀上,对我说,"记着,我会一直在你身边。"

而我知道,我的第一项任务,是战胜自己。真正的战斗才刚刚开始。

---

① 马耳他骑士团,最为古老的天主教修道骑士会之一,该组织成立的最初目的为保护本笃会在耶路撒冷的医护设施。目前属于宗教及慈善性质且是受国际法承认之主权实体。
② 圣约翰救护队,一个起源于英国的法定国际性慈善救援组织,前身是马耳他骑士团,后从骑士团中独立出来。

第十二章
一切本应怎样

第一次要前往诊所时,我兴奋极了。我完全猜不到它会长什么样。我在脑海里想象着冰凉的大理石墙壁,身着白大褂的人们和挥之不去的消毒剂的味道。

在那个难忘的周一早晨,圣约翰救护队的救护车在九点半左右停在了我家门外。我迫不及待地透过窗户望过去,在我的想象中,救护车总是在某种意义上和葬礼联系在一起:灰暗、令人沮丧的事物,满是流血的身体。

然而,司机是个快乐的、面带微笑的人,他帮着父亲把我抬到车上。这让我少了些害怕。当我坐下来,环视周围的其他病人,发现自己大概是其中年纪最大的一个。我面前的担架上躺着一个小孩,还只是个婴儿,胳膊扭曲僵硬,腿蜷曲着,脑袋以一种奇怪的角度歪斜着。在他的旁边坐着一个小女孩,金色的浅发,大大的眼睛。她很漂亮,但双腿很瘦而且变形了,骨节突出。她的手像我一样不停地抖动,但比我的手小,也更柔弱。她总是在微笑着,试图拨开挡在眼前的卷发。在我旁边的座位上,躺着一个小孩,她完全一动不动,面无表情,好像僵住了一般,只有两只眼睛一直转动着,好奇地打量四周。这两只眼睛是她身上唯一可以活动的部位——就像一间黑暗的屋子里的两扇透着光的窗户。

最终救护车开进了梅里恩大街,停在了一幢石灰色大楼的前面。

我望向窗外。这是一条又宽又长的大道,两侧满是高大的建筑。路上是车水马龙的繁忙声音。街道上的每个人都行色匆匆,仿佛有要务在身,马上要奔赴重要的会议。但这也并不奇怪,因为稍后我就发现,在马路的另一头就是政府大楼,各种纷繁复杂的国家事务都在那里进行。

我扭头便看到瓦尔南医生正从我们停靠的大楼前沿着台阶走下来。又一次见到他,我心里的石头终于落地了。

我不能走路,但据我观察,并没有任何迹象表明有车子或轮椅要送我进到楼里面。我看着瓦尔南医生,他也在看我。

"我必须再扮演一回大力士了,我的大孩子。"他说着,耸耸肩膀。

接着他就抱住我的腿,把我放到他的背上。当他扛着我上台阶的时候,我看到墙上挂着一块金色的牌子,上面写着:

"都柏林整形外科医院。"

这听起来很糟糕,我自言自语道。那个复杂得出奇的单词①究竟什么意思?

趴在瓦尔南医生的肩膀上,从我的位置并不能看到四周的环境,但根据进入我视野的地面和墙壁底部推断,我们径直穿过了大楼,走下一段台阶,然后在半明半暗中沿着一条走廊走了一阵,最后打开了一扇晃悠悠的老门,又来到了室外。

"这才只是一程,"瓦尔南医生气喘吁吁地说,"现在要走另一段了。"

我看到我们在一片田野之类的地方,因为在我们走过的石子路两侧都长满了草,当我把头从俯视的角度稍稍抬起来,就瞥见了四周长满的树木。但我没有心情欣赏这些风景,当然我现在的姿势也不适合观赏。瓦尔南医生每走一步,我都能感到自己一小时前吃的早餐此刻快要返回我的喉咙里。我必须收紧喉咙,把食物顶回去。

"这条崎岖的路尽头,克里斯蒂——就在眼前了!"瓦尔南

---

① 指整形外科,原文为 orthopaedic。

医生大喘了一口气,说道。

我用力扭头,看到了一幢单层的狭长木质建筑,看上去像是个健身房。当我们抵达它附近时,我听到里面充斥着孩子的声音,有笑声,有哭声——大部分是在尖叫。

医生背着我推门进去。我们进门的那一刻,所有的喧闹声迎面席卷而来,几乎造成了一种生理上的冲击。声音震耳欲聋。孩子们大叫大喊着,尖号着,把玩具和他们能摸到的一切东西砸到墙上和地板上,踢着腿,跺着脚,像螃蟹一样一个个扭打在一起。太可怕了。当瓦尔南医生把我放下来的时候,我看着四周,怀疑是不是来错了地方,因为我发现这里几乎没有一个孩子是超过三岁的。它看上去更像是托儿所或育婴室。而房间里除了我和瓦尔南医生之外,唯一的一个成年人,我认出来是加拉赫尔先生。看到我时他笑了笑——后来我发现他是个非常勇敢的人。

"今天上午不需要做治疗,克里斯蒂。"瓦尔南医生从我身边走过时笑着说,他胳膊上还抱着两个婴儿,要到房间的另一头去。"放轻松,随便看看。"

然而这次观看本身就是一种治疗,是关于人类遭受的苦难的教育和启示。这于我而言是一种全新的、震撼的体验。在此之前,我从没有看到过在家以外的人们是怎样生活的。

和我面前的这些生命相比,我在卢尔德看到的那些更像是些幻影。而这些是实实在在的,真正兑现的悲惨预言。我在卢尔德的山洞里见到的都是成年人,成年的男男女女,很多人确实在遭受着巨大的痛苦,他们过去和未来的人生残破不堪,但至少他们还能够理解自己所遭受的苦难,至少可以选择屈从于命运;但眼前却不是这样——这里不存在任何逻辑和道理,只有无助,无助和近在眼前的恐惧就呈现在那些扭曲的、畸形的孩子身上。他们四肢残疾,头变了形,面部扭曲。有些躺在地板上挤作一团,一动不动的,像在房间里被随便丢得到处都是的空麻袋。还有一些在止不住地、疯狂地抽搐,他们小小的身体颤抖着,好像有电流一直在通过他们的身体,使他们不停地震颤、扭动,或者突然地抽搐;他们的小手紧攥着,腿蜷曲着,好像被老虎钳绞在了一起;他们的脑袋东倒西歪。突然间,我有生以来第一次意识到自己幼年时看起来是什么样子。

我对他们很容易产生同情之心,毕竟他们那么小,那么无助和恐惧,完全要依靠他人活下来,但我却克制住了,因为我想起那种同情的目光曾经是怎样伤害了我。放下同情,我开始对他们产生共情,我感受到我们之间的密切联系,它让我看到并且感受到在那些扭曲的表情和紧张的肢体背后真实的个体,一种兄弟般的纽带让我透过那些变形的肌肉和骨骼去看到他们内心被禁锢的灵魂。我看到自己并不是唯一一个被幽禁在监牢里的孩子。

那天回到家,家里所有人都围过来,问我诊所是什么样子。但我却什么都说不出来,因为我看到的,感受到的,不是通过任何言语能描述的。

在诊所待了大概有一周之后,用瓦尔南医生的话说,在这期间我已经做好了"准备",我也逐渐开始进入了治疗模式。这其实和我在家里接受的治疗差不多,只是更系统,更具规模。在诊所接受的训练更细化,也更复杂——执行起来也更艰难。起初,坦白地说,做这些练习让我感觉自己很愚蠢;坐在一屋子小孩中间,和他们做着同样的训练,自己看起来可笑极了——说实话,我感觉自己就像是一群小猫中间的一头大象,我相当确信,事实上看起来也是如此。

常常,当我在这些孩子中间俯卧拉伸的时候——所有的锻炼都是要趴着进行的,因为我不能再像过去那样依靠背部移动——我会突然停下来,就好像第一次意识到自己周围的环境一样,缓缓地环视躺在我身边地板上的所有扭曲的、蠕动的身体,看着瓦尔南医生和加拉赫尔先生冲着孩子们弯腰时的脸,天花板上交错的褐色梁柱,还有木墙上高高的窗户,透过窗户我瞥见湛蓝的天空,洁白的云朵,还有外面花园里树上

的绿叶——我看着这一切,猛然间,我顿住了,不禁问自己:

"我,克里斯蒂·布朗,究竟在这里做什么?这一切对我来说意味着什么——这个奇怪的叫作诊所的地方,那两个单穿着衬衫忙碌的医生,还有那些残疾孩子怪异扭曲的肢体、耷拉着的脑袋——这一切和我有什么关系?我为什么会在这儿,在这个奇怪的地方,而不是在家中的卧室写作?"

是的,事实是,我始终还没有适应这个"外面的世界"。我还不能完全理解这所谓的现实——我是这个世界的一部分,它陌生而令人困惑,它是全新的、飞速运转的,充斥着各种各样的人与事。我就像一个穴居的人,一直幽闭在自己的那一方狭窄、暗无天日的小天地里,如今突然冲进了这个广阔、喧闹的世界,茫然四顾,好像第一次看到了刺目的阳光,眼前的一切都令他眩晕。

很多次,当我蜷身坐在地板上,眼神空洞地发呆时,突然感到身后有脚趾在轻碰我,我回头望去,发现是瓦尔南医生,正站着冲着我微笑。

"又在做白日梦啦!"他对我说,"在想你将来要写的所有书吗?快振作起来,孩子!你知道,现在有工作要做。"

当然,我知道有工作要做,而且是很艰巨的工作。可能一年、两年,甚至五年都无法完成——事实上,这份工作可能将会花费我一生的时间。对此我很清楚。但还是会止不住地想起在我知道这样的治疗可以进行之前,我所经历的一切。我无法控制自己去想过去的日子——不是那些美好的往日,而是那些阴霾的日子,在我的人生没有什么指望的时候,没有什么可以缓解当下的痛苦,或是驱散未来遥遥可见的黑暗的时候,我的人生一无所有,除了内心中巨大的痛苦,它们随着我的自我认知的增长而增长。我对于自己遭受的磨难既不能理解,又充满了愤恨。

这是真的——我恨自己遭受的苦难,我鄙夷它。我和别人生来就不同——这残酷的不同,它令我饱受折磨、充满怨恨。但没过多久,我却意识到正是这种折磨,在我人生最糟糕的时刻视之为上帝的诅咒的折磨,将会把一种异乎寻常的美带到我的生命里。

这个时刻发生在我去诊所差不多一年之后。那是一个四月和煦的早晨,诊所即将关门停业一天,救护员刚把孩子们从诊所里运出来,在门口等车,我是最后一个离开的。我坐在一张吱吱呀呀的旧轮椅上,过去他们常常用这张轮椅推着我走动。我在门外,享受着四月温暖的阳光,地上的青草看起来碧绿透亮,耳边树枝在清风中发出沙沙的窸窣声响。一切都很宁静,我身后的诊室已经没人了,而人们还没有过来把我送上救护车。

突然我听到石子路的另一头传来一阵声响,是轻快的脚步声。我从地面抬头望去,地上还散落着我用脚随意拨弄的落叶。在小路的尽头,我看到一片殷红在树木间飘动。然后一个身影绕过拐角,映入我的眼帘。是个女孩。

我飞速地低下了头,努力假装沉浸于踢踩着脚下的落叶。我听到脚步声近了。我对自己说,现在她应该离我很近了。我不敢抬头,因为那样就不得不和她说话,而我却不能正常地说话。"不要像个傻子似的。"我告诉自己。

当这个陌生女孩离我只有几英尺的时候,我胆怯地抬头。眼前仿佛一场梦。背景里是苍翠的绿叶,树枝的影子在缀满露珠的草地上摇曳。远处的阳光和她浅色的头发交织,消融在她的秀发里,看上去像是有一圈光晕笼罩着她。太阳落在她身上的光芒令我眩晕。

当她走近了一些,我看到她个子略微偏高,棕色的头发,碧绿的眼睛。她的五官是一种古典的美;像是从洁白的大理石上清晰地、精致地凿出的面容。在那个春天的早晨,她的脸颊上透出一种清亮的光泽,目光宁静,我忍不住看了又看。我知道自己很无礼,但却无法移开目光。当她走向前来的时候,我记得自己清晰地告诉自己:"这是我见过的最美丽的女孩!"

看到这里除了我之外没有别人，女孩看起来略微有些迟疑，然后径直走向了轮椅这边。

"请问，加拉赫尔先生在附近吗？"她微笑问道。

我完全说不出话来。这不仅仅是因为一贯的语言障碍。

最终我语无伦次地说出加拉赫尔先生很快会回来，她再次笑了，然后经过我身旁，走进了空荡荡的诊所。

一个星期过去了，我差不多要放弃再次见到她的希望了。然而，一个周四的早晨，当我来到诊所，被推进大门的时候，第一眼看到的就是那个女孩，她跪在一个孩子身边的地板上，正帮他脱去外套。

渐渐地，随着时间推移，我一点点得知了关于她的一些信息：她是大学里的研究生——这在一开始吓到了我——她来自戈尔韦①，以及，她叫希拉。

我坐在角落里看着她，当她跪下和孩子聊天时，头发垂落在脸上，她用胳膊不耐烦地把头发拨了回去。当她毫无预兆地向我这边看过来时，我匆忙地扭头，口中哼着小曲。

第二天上午，我感到格外的消沉；当我坐在那里，靠墙倚着，整个人陷入了一种痛苦之中，我盯着地面，在绝望的黑洞

---

① 戈尔韦，爱尔兰西部港口城市。

里失了神。我好像又滑落回往日的沮丧和无助中,这种情绪时不时地就会回来裹挟住我。这时一个声音突然响起:

"振作起来,克里斯蒂!"

我突然打了个激灵,发现希拉正在房间的中央,鼓励地冲我微笑。这个笑容立马驱散了我的失落。

那之后我们开始熟识起来。对于康复训练我也投入了更大的热情。之后的一个早上,一个甜蜜的早晨,我带给她一封信,是我在前一天晚上口述,由弟弟执笔写的。她把信带回了家,读过之后,第二天上午给了我回信。

当然,我毫不迟疑地回复了她。此后我们开始了通信。我也因此找到了一种方式去打破我和别人之间最大的障碍之一——如果这还算不上是最大的障碍——那就是艰难的语言障碍。所有我不能用嘴说的,都可以写在纸上。

虽然我四周的屏障依然高耸着,但我在一个个地克服它们。

超越它们——是的,挣脱它们——是的。但在这些屏障之外又是什么呢?人们常说是"自由",或"解放",或"摆脱"身体的折磨。但我却发现这不仅仅是克服障碍的问题,或只是简单地像个勇敢的小英雄一样和我的残疾作斗争,等着人们拍拍我的背,告诉我"很快就会获得成功"。如果"成功"意味着最终获得生理上的康复,那这样说是对的;但如果说它意味着彻底的独立、完全的自由,摆脱一切精神上和情感上的折磨,那这话就是错的。所有这些听起来很美好的词,比如"自由""解放",都将是空洞的。这是因为,过去我所感受到的痛苦和折磨,与现在经历的痛苦是无法相提并论的。在那些被"囚禁"的日子里,我虽然感受到痛苦;但如今,当我在努力挣脱这种束缚,当康复的希望取代了过去的无助时,我却感受到了一种更深刻的痛苦和折磨。现在的这种痛苦被聪明的人们改头换面,称之为"觉醒"或"启悟"。这并非一种孩子般的忧郁,来去如四月的阵雨,而是一种属于成年人的痛苦,虽然也会时而出现或消失,但却会在我的心灵中留下深深的伤疤和印记。当我意识到自己对自我的需求有了更深刻、更长远的认识,这本身就是一种痛苦的体验。然而当我发现自己不可能找到一个方式充分表达这些需求时,当我看到在有生之年无论我怎样克服了这些生理上的缺陷,然而我的内心、我的精神生活,以及那些对我来说真正意义重大的生活永远都不可能恢复"正常"时,我感受到了更深切的痛苦。这些需求只能紧紧地封锁在我的内心,被压抑,无从表达。

在将来,在这个诊所的帮助下,我也许可以克服自身的缺陷——过上正常的生活,至少是更正常、更独立的生活。但我知道在我的内心深处，永远有什么是缺失的，这种缺失让我的生命图景永远无法完整，就像是缺少了一块碎片的拼图。总有一部分是残缺的。我的残疾并非"不可治愈的"，但却有其他东西是无法弥补的——我无法像"正常"人一样表达，也不能建立正常的人际关系。无论我怎样战胜了自己身体的残疾，我都不可能成为一个正常人，过上正常的生活。曾经的"与众不同"会永远伴随我。我那么绝望地想去爱，想要得到爱，但……

这是个痛苦的发现，但却无比真实和必然。如果我无视自己的这些缺陷，会不会好一些呢？我曾经很多次地尝试这样做，但只是暂时地摆脱了这些痛苦，很快它们又会卷土重来。我便再次陷入悲伤和难过。当然，最终这也使我变得更加坚强。如果我永远不能像其他人一样，那至少我可以做自己，并且做到最好。

最终，希拉成了我所能认识的最好的朋友。她就像一面镜子，在那里我可以照见最真实的自己。她是我成年人生里的第一个里程碑。从她身上，我学会了在人生的道路上去避开一个个陷阱。我们给彼此写了很多信，我的信里满是梦幻和稀奇古怪的想法，她的则充满着智慧：

"你在一封来信里说,有人觉得你是个英雄,但你不这么认为。虽然我不确定应该怎么定义英雄,但我对你的认识是这样的:仁慈的上帝给了你聪明的大脑和艺术的天赋。也给了你残疾的身体。正是上述这种安排导致了你目前不可避免地要和手足徐动症①作斗争……记住你的母亲,如果没有她的善解人意,也许你今天就成了一个总是重复'一切本应怎样'的令人讨厌的年轻人……"

在我的书房里有一只棕色的小盒子,我小心地保管着,里面存放着希拉写给我的所有信件,用一条令人伤感的蓝丝带捆在一起。一共是三十二封……不久前我刚数过……

---

① 手足徐动症,是指手指、足趾、舌或身体其他部位相对缓慢地、无目的、连续不自主运动的临床综合征。

第十三章
钢笔

在诊所接受治疗的经历,以及这段治疗在我身上所起的作用,开始让我的大脑中充斥着各种各样的想法。仿佛我的眼前有一扇窗帘被拉开了,对于长久以来困扰着我、折磨着我的问题,似乎终于找到了解决的办法。

我急切地想要表达什么,不仅仅是向我的家人,或是我的朋友,而是向每一个人,向这整个世界。在我的身体里潜藏着一种东西,即内心深处对表达的渴望,我想把它释放出来,传达给别人,希望被理解。我感觉自己找到了什么,一些自从我会思考、产生自我意识起就在寻找的东西。我花了太多时间去寻找,而现在我可以肯定,我终于找到了它们,在这一刻,我想将它们抛入空中,随着风去到世界的每个角落,把那些消息带到每个人的心里。

这不是我一个人的事,它和所有与我拥有着相似人生的人都息息相关,我们的人生被困在高墙之内,逼仄而压抑。我感到自己终于找到了一种方式,跨越这些高墙,摆脱它们的阴影,走到阳光底下,和那些四肢健全的人一起去承担我们在这个世界上的角色。

但——怎样才能说出我想说的、我想让每个人都了解的一切呢?我的双手照常没用;它们还是扭曲、不受控制的,拿不起也握不住任何东西。我的嘴巴也不能表达,我的那些想法如同一群躁动的蜜蜂在我的大脑中盘旋着。离开了家庭的小圈子,我还是说不出任何逻辑清晰的话语,所以总的来说语言障碍依然伴随着我,我被笼罩在沉默的寂静之中。

我那忠诚的老朋友呢?我的左脚?这只脚曾经给了我那么大的帮助,是我在过去的岁月里抵抗绝望和挫败的唯一的武器,难道我能放弃使用它吗?

不!绝不可以。我不能打破对科利斯夫人的承诺。那会让我觉得自己是个叛徒。我已经下定决心,我必须坚守承诺。

但也不仅仅是那令人恼怒的忠诚感迫使我不再使用左脚。忠诚感本身还不足以帮我抵挡住诱惑。我知道如果我又开始使用左脚,它会妨碍我的康复,从而使得我过上正常生活的机会,至少是相对活跃的生活的机会变得渺茫。我已经束缚住我的左脚,把它丢在一边,现在也不会恢复使用。无论如何那将是个投降的信号,而我还没有做出亮白旗的打算。

我好像陷入了绝境;似乎每一条路都被堵死了。这感觉就像是一个人的手脚都被捆住,嘴巴也被堵上了。

但突然我有了一个想法,那是忽然闪现的灵感。一天下午,我正坐在厨房里,思考怎样才能把我想说的一切都在纸上写下来,这时我看到一个弟弟正坐在桌前,手里握着一支笔,在本子上写着什么。他是埃蒙,那时有十二岁,正在做作业——写一篇英文作文。透过他愤怒的表情,我感觉他并不是很享受这件事情。看到他坐在那里却不知道写什么,而我脑海里充斥着各种想法却握不住一支笔,这让我恨不得从椅子上跳下来,直冲过去!

我没有这样做,而是侧过身去问他在写什么。

"学校布置的一篇作文,"埃蒙叹口气回答道,"我要写不好就会挨揍。"

我明白机会来了。我告诉埃蒙我可以帮他——条件是他也要为我做点事情,作为回报。

"当然可以,"他确信地说,"你想让我做什么?"

"帮我写。"我简单地说。

他的脸耷拉了下来。"但我连自己的都写不好!"他抱怨道,"我根本不知道写什么!"

"傻瓜,"我回复道,"你只需要握着笔,我告诉你写什么。"

弟弟对这个想法深表怀疑;这对他来说非常难以理解,他觉得这背后一定有什么"阴谋"。但又迫于要把作文完成,他不得不答应了我的条件,我帮他完成了作业。

写完之后,我们来到了后院我的书房里,从抽屉里掏出一个九便士的便签本,在桌前坐下,看着对方。

"你想让我帮你写什么?"弟弟手里握着笔,天真地问道。

我望着窗外,树枝在春天的晴空下摇曳,我想了一会儿,扭头看向弟弟写满疑问的脸。

"我的人生故事。"我告诉他。

可怜的小埃蒙的笔掉在了桌子上。

"你的……什么?"他问。

我又告诉了他一遍。这次他沉默了。

最终,我还是使他同意了"无限期地"帮我代笔。就在那天下午,我们开始了,没有做任何准备。

那时我十八岁,第一次尝试开始写我的自传。那是一部庞大而笨重的作品,一个由七个或八个音节的单词建构的一座名副其实的森林。截至那时,我唯一读过的是狄更斯的作品。由于缺乏写作的经验,我认为自己有必要模仿狄更斯的风格——结果就是我使用的英语已经过时了五十多年！我写的那些单词和句子可以在几秒之内就让任何人的舌头打结。它们太长以至于我必须一个字母一个字母地拼出来，我的弟弟才能把它们写在纸上。我至今都感到奇怪，在那个浩大的写作工程中，为什么我和弟弟没有一个人精神崩溃。在我泄气之前，我至少写了成千上万字。它像熔化了的铅流一样萎靡不振地蜿蜒下去。我可怜的弟弟常常写得手抽筋。他写了几乎有四百页纸稿，直到我发现如果这样继续下去，可能这辈子都写不完了。

标题概括了一切。我称它为"一个智力障碍者的回忆录"！我觉得这是个完美的讽刺，对于那些在我五岁时质疑我智力是否健全的医生，这是一记重拳。

至于我的语言，简直华丽得不可思议。比如，我并不称自己为残疾人，而是"死亡的不幸造物"，又或是"上帝的失误"。我也很喜欢通过在词尾加"ism"，把一个直接的单词变成抽象的：我不说"失败"（defeat），而是说"失败主义"（defeatism），同样地，我非常擅长运用一些完全抽象的单词来表达一些极其简单的意思。当我想说一个事情不可能发生，我会说"难以置信地"；当我想说什么是不合适的，我会说"格格不入的"；我还频繁地使用"唯物主义的"这个词，其实想表达的意思只是不假思索或漫不经心。于是,在我当时对概念的扭曲认知里,我会称我的哥哥彼得为唯物主义者,因为他喜欢去舞会和聚会,而不读狄更斯!

几天前,我找出了这部著名的手稿里的一部分。

在第一章,我描述了自己的家庭生活:"我成长于一个工薪家庭的教化和道德环境里。正如这个世界所知,对于文学的追求……知识并不被人类的这一阶层广泛地掌握……智识主义并非这一种群的特征……"

关于这最后一句话的意思,我并不比任何人更明白!

一直到第三十二页,我依然在谈论工薪阶层这个话题:"纵使承认阶级和社会差异对人类的和谐发展是必要的,我也认为这样的区分应当在适当的范围里加以限制,从而避免不必要的歧视和多余的社会摩擦。"

而在写下这些之时,我甚至都不知道"社会"这个单词究竟是什么意思!

当然,这一切并不意味着我不知道自己要说什么。问题只是在于我不知道怎样去表达。我还没有找到一种方式来清晰地表达自己想法,让它们变得可以被理解。在当时,我似乎很坚持,只要能用复杂的句式,绝不用简单的句子来表达。我从不在一个单句里表达一个独立的想法。常常要用三四个句子来表达一个想法,自己才会满意,有时候甚至会用一整段来表达一个单一的意思。我控制不了自己的离题千里——或者,用父亲的话说就叫,"拐弯抹角"。

以下我引的这个段落清晰地体现了狄更斯对我的影响,这种狄更斯式的文字太典型了,几乎像是从随便哪本他的书里摘下来的句子。

"……当我们从一天的喧腾和兴奋的活动中抽身,并非出于有意识的努力和心灵的意志,而进入一种掺杂了悔恨和欢愉甜美的白日梦……被遗忘的往日烟云中所有快乐的和流泪的情景都尽呈眼底……我们走过的那些路、过往的那些快乐又重现……我们记起自己所有那些小小的虚荣和谎言……我们向自己高呼:'这不是我!我绝不会如此鲁莽!'……然而岁月从不撒谎;昨日不可重来……如果不是如此,那又会怎样!那将会诞生多少圣人和天使啊!"

当我这么写的时候,我才十八岁!

稿纸越堆越高,一摞叠上一摞。我不停地口述,弟弟执笔,直到我们进入一种我说他就写的机械状态,完全忘了是在干什么。我们只是在原地打转。我还模糊地知道自己要写自传，但又似乎什么都没写。我不停地说，埃蒙不停地写，本子日复一日地被填满。而这仅仅是一座词语的森林，其中没有任何清晰的路径。

我想应该是哪儿出了问题，因为在我口述之前，我的思路是清晰的，但当我要开始口述，它们就乱了套。它们在我的脑海里纠缠四散，像被风吹得到处都是的落叶。我感到很难控制它们。我被自己的愚蠢搞疯了。

我叫自己傻子；我叫可怜的弟弟傻子。事实上，我管家里每个人都叫傻子——因为我没办法写得像自己理想中的那么好！这本"书"拖得越长，我就变得越暴躁。任何东西挡着我的路，我都会猛地一脚踢开。我变得易怒，有时候甚至想烧掉这本书，让它从我眼前消失。但我狠不下心这样做。到这时，我已经花了差不多两年时间写作，即使面对自己，我也不敢承认整本书都白写了，我失败了。我固执地拒绝投降，我不想把它丢进火里。我知道，我觉得自己可以写本好书，只要——只要……

我知道了！只要有人给我点建议，教我怎样清晰地、有条理地写作，避免其中的空白和跳跃！我需要有人足够清楚自己的表达，能把我拉回到正轨上。我需要一些指导；需要一个不只有聪明头脑,还要有一颗善心的人。

但我去哪儿找这样一个人呢,这几乎称得上是教父的一个人。无论如何,卡梅吉绝对没有!我们家里也只有泥瓦匠,我的兄弟们对写作一无所知,而我对盖房子也毫不了解,家里就是这样了。

我绞尽脑汁,还是想不到任何人。看起来我只能全靠自己,只能尽自己最大的努力继续写下去,自我折磨地进行表达,然而却越写越迷茫。

然后有一天,我正闷闷不乐地坐在窗边发脾气,由于太憎恶自己,这会儿我什么都口述不出来。一个名字突然闪过我的脑海,我差点要从椅子上摔下来:"科利斯!"我听到自己大声喊了一句,"科利斯!"来不及细想,我就喊来埃蒙,让他从抽屉里拿出一张明信片,立刻寄给科利斯医生。我心急如焚——简短写道:

"亲爱的科利斯医生。我正试着写一本书。如果你不介意,请过来帮我。克里斯蒂·布朗。"

明信片寄出之后,我才开始思考自己做了什么。我从伦敦回来后就没再见过科利斯医生,大概有一年多了。我对他了解也不多，只知道他是那家诊所的创立者，以及爱尔兰脑神经协会的主席。第一次见到他我就很喜欢他。他的出现并没有让我感到尴尬或不知所措，这并不寻常，因为即使是很熟悉的人，也常常会让我感到很不自在。有时即使和家人在一起，也会这样。

但毕竟他只是个医生，不是吗？也许他是世界上最和善的人，但如果他在写作方面帮不了我，又该怎么办呢？除了是个好人之外，他又是什么人呢？

直到晚些时候，我才发现他并不只是科利斯医生——还是作家罗伯特·科利斯，著名的剧作《马柔本恩小巷》的作者，他还著有自传《银色羊毛》，以及其他的一些作品。

第二天，我正坐在后院的小书房里，在炉火旁读狄更斯，门突然开了，科利斯医生走了进来，他的一只胳膊下夹着一大摞书，另一只胳膊夹着一个公文包。他把书放在床上，公文包放地上，然后转身。

"你好，"他说着，走过来，坐在了书桌对面的椅子上，"今天早上我收到了你的求助。看来你是在写一本书。让我们一起来看看吧。"

我把手稿都藏在了床下的一只旧皮箱里。他俯身跪地，掏出皮箱，拿出里面的手稿，放在桌子上，戴上眼镜，开始读起来。

当他读第一页的时候,我看到他抬了抬眉毛。他接着又读了第二页第三页,每翻一页,他的眉毛就越扬越高。然后把稿件丢在了桌子上,抬头看着我。

"上帝啊!"他叹了声气,停了下来。

他殷切地看着我,想知道我是否领会了他的意思,愿意接受批评。我强行让自己保持冷静。他微笑了。

"是的,非常糟糕——"他说,"你用的这种语言也许在维多利亚时代很流行,但……"

听到这些,我的心整个都沉了。看来是没有希望了。我现在无比迫切想要完成的事情——写我的人生故事——看上去不可能实现了。我仿佛又回到了自己永远徘徊的原点:想要做点什么,却又不知道如何去做。我的梦想太宏大而难以实现。我,一个人生被幽禁在家的四墙之内的人,一个甚至从来都没能看一眼教室长什么样子的人,怎么才能写一本书呢?想到这些,我几乎要疯了。

当罗伯特·科利斯坐在我面前,一页页地翻看我那糟糕的手稿的时候,这些想法在我的脑海一再闪过。有时候他会自言自语几句,我坐在那里,耷拉着脑袋。

突然他停下来,坐直身子。我诧异地看着他。他的脸上露出了赞许的笑容。

"太棒了!"他拍了下桌子,激动地喊了出来。"你写的这个句子就像是一丛杂草中探出的一枝玫瑰,乱石堆中闪光的一颗宝石。只要你知道了怎么写,你是能写好的。这就是我想找到的。"

接着他站起身,看了看我书架上寥寥无几的书。他摇了摇头。

"克里斯蒂,如果你想用当下的英文写出好的文章,就要读当代的作品。狄更斯当然是很棒的,但……文学的审美就如同其他的审美一样,也是在变化的。"

他给我展示他带来的书,把它们都在桌子上摊开。有一本是伦纳德·斯特朗①的小说集,两本西恩·奥法良②的书,还有几本他的兄弟约翰·科利斯③和莫里斯·科利斯④的书,以及六卷世界文学名著。

---

① 伦纳德·斯特朗(Leonard Alfred George Strong, 1896—1958),英国著名作家,评论家,历史学家,诗人,父母是爱尔兰人。斯特朗是一位非常高产的作家,著有长篇小说二十余部,中短篇小说、剧作集等多部。
② 西恩·奥法良(Seán Ó Faoláin, 1900—1991),爱尔兰短篇小说家。
③ 约翰·科利斯(John Stewart Collis, 1900—1984),爱尔兰传记作家、乡村作家,生态运动的倡导者。
④ 莫里斯·科利斯(Maurice Stewart Collis, 1889—1973),于1929—1930年任缅甸仰光的英属殖民地官员,后成为作家,主要以东南亚、中国为题材进行小说、传记、历史书籍等的创作。

"读了这些书,你会知道英语可以写得多么美。"他说。

他告诉我,如果我想成为作家,就要学习怎么写作。写作是一门像画画一样并不容易的艺术,要想掌握它,就要不断练习,逐渐形成个人风格。他告诉我,不管我觉得这件事有多难,有一点是最难能可贵的——我想要写作,我有这种意愿,这与形成自己的风格是一样重要的,而风格是可以慢慢培养的。一个人要想把一件事情做得完美,那就要热爱它。如果好的文风背后没有什么做支撑,那也是徒有其表。这样的写作就像是只闻味道而不见食物。

然后,他坐下来,拿起手稿,又若有所思地看了起来。有那么一段时间,他一直沉默着。我听到炉火噼啪的声响,钟表在壁炉台上沉重的滴答声,甚至隔着院子从另一头隐约传来的厨房里的声响。终于,他说话了。

"克里斯蒂,"他说,他的胳膊肘靠在桌上,身体前倾,"所有这些——"他指着那一摞稿纸,"并没有白费。也许它不怎么读得通,但并不全是浪费精力。即使没有没有别的用处,这也帮你做了很多思考练习。如果你依然想写自己的故事——"他停顿了一下,疑问地看着我。我用力地点点头。我想写这个故事,胜过做其他一切事情。

"好的,那么,"他接着说,"如果是这样,你必须完全重新开始!"现在他开始教我。后来我才知道他是个老师,并且有很多学生。"不管写哪类故事,都有两条必须遵循的准则,"他说,"首先,你要有一个要讲述的故事;其次,你讲故事的方式,必须让读者有置身其中的感受。现在我来告诉你一些具体的方法:只要能用短句,就不要用长句。你用过刷子画画,现在你试着用笔做类似的事情。你可以练习。描述一下现在的这个房间:你的这把特殊的椅子,那面有污迹的墙上挂着的画,破碎的镜子,书——还有彩色的照片……"

我认真地听着,在那个晚上之前,从没有人这样教过我,后来的很多日子里,他也常常这样教我写作。我从没忘记过他说的任何一句话。

最后他走过来,握了握我的手。我知道我要开始一件最为艰难的事情,但有他在我的身后,我相信自己终有一天会完成……当他握住我的手时,我就知道了。

第十四章
自豪，而非怜悯

梅里恩大街的诊所，就像我之前提到的，仅仅是位于都柏林整形外科医院背面的一个狭长简陋的康复室，想要找到那里并不容易。它不仅位置偏僻，空间也非常狭小。所有东西都堆叠在一起——包括孩子们。没有什么空间容纳设备，只有一个木制的大滑梯放在紧贴着墙的位置，几乎占据了房间的一整面。这个看似不合时宜的玩具并不仅仅是为了供孩子们玩乐；它还有其他的功能。滑梯上有一小段台阶，顶上还有一个平台。它用来帮助一些孩子练习攀爬，向上爬的时候要用手抓住栏杆。这就同时练习了手和脚的使用，这些动作他们平时很难完成，总是磕磕绊绊的。而当他们随着坡道滑下，就可以慢慢学会放松，克服对行动的恐惧。

诊所如今已经太过拥挤了。

"如果这样继续下去,"瓦尔南医生有一天说道,"我们就只能把孩子们放到屋顶上去了。"

看起来这是真的。因为房间里常常像交通拥堵了一样。孩子的叫喊声比十几只车喇叭齐鸣还要响亮。有时我甚至完全无法集中精力思考。

但当我突然得知我们要搬到这个城市的另外一处更方便、空间也更大的地方时,我陷入了绝望。我不想离开旧诊所,哪怕我知道它实在太小了。这让我很伤感,因为在那里我交到了很多好朋友。我还记得来到诊所的第一个早上:棕色的木质墙壁,高悬的窗户,窗外的树上挂着十二月的雨滴……还有希拉……

差不多此时,瓦尔南医生也离开了我们,他被派往国外任职。我们都舍不得他离开,但我总觉得他的内心对旅行充满了渴望,他对远方充满了向往。最近一次得知他的消息,他正在远东地区,"正午的太阳晒得人汗流浃背",这是他的原话。

过了不久,加拉赫尔先生也离开了,去了加拿大。他消失了。那之后我就再也没得到过他的任何消息。就这样,正当诊所有所改善的时候,两位最有能力的员工离开了。

三天前,一个温暖的夏天的早晨,我们第一次来到新诊所。它位于一个叫公牛巷的地方。从门外的马路望过去,我看到一幢高大的红砖墙建筑,上面有漂亮的拱门和一种绿色的穹顶。它的正面有许多大窗户,四周是铸铁的栏杆。和旧诊所相比,这里是相当奢华了。

诊所的内部还更漂亮。这整幢建筑并不都是我们的——事实上,我们只是从它的委托人那里租了其中的三间。但房间都十分宽敞明亮,每个人都有充足的活动空间。一切更加井井有条了,这里的工作人员更多了,接受治疗的人也更多了,治疗水平和进度也有了显著的改善。房间分成了三种——治疗室、教室,和游戏室。我们在治疗室接受康复训练,这里简直是一种奇观,十五个、有时甚至二十个孩子躺在地上,按照理疗师的指导练习。当他们在地上躺成一排的时候,仿佛一条巨蟒的许多头和手脚在同时活动。

在教室里,这些孩子中更落后些的,因为自己的"特殊"而从来没能和兄弟姐妹一起正常上学的,他们在这里接受常规的小学教育。他们的老师是为了承担起这项艰难的任务而接受特殊训练,并拥有国家资格的教师。孩子们在这里学习怎样和正常人建立正常的关系,于是又一个鸿沟被弥合起来,又一座桥梁被架起。孩子们很骄傲他们也能"去上学",可以像兄弟姐妹们在家里那样,拥有课本和书桌、学习算术。他们总是得意地提起自己的老师,以及她是怎样帮助自己的。他们也从不会像普通学校的孩子那样"挨揍"。在这个学校里,老师更侧重于训练他们的大脑而不是双手。他们因此而觉得自己和正常的孩子一样是平等的,并不低人一等。

在游戏室,"游戏"这个词有着双重含义:它同时意味着工作。孩子们在游戏中学习怎样正确地使用手和脚行动,来代替错误的行为习惯。在陌生人看来,他们好像和正常孩子没什么两样,在桌子旁玩耍,或是四处奔跑,吵闹声不绝于耳。的确是这样。他们被鼓励像正常孩子一样活动,而唯一的区别是,当他们在快乐地奔跑时,其实一直在被看护着,看他们是否又恢复了最初错误的活动方式。仅仅跑起来还不够——他们还必须学习怎样正确地奔跑、正确地在房间里玩耍和追逐嬉闹。正是由于他们不能自然地活动,于是就养成了一些错误的、不规范的活动方式。在这间游戏室,他们学习做每一个动作,从最简单的到最复杂的,都尽可能自然地、流畅地做下来。对他们来说,没有什么是"容易"的。即使是从地板上捡起粉笔这样简单的动作,对于那些从没有学过这项技能的孩子来说,也是如走钢丝一般艰巨的任务。

由于我自诊所成立之初就来到了这里,它在某种意义上已经成了我的一部分,我的生活不可或缺的一部分。这里对于我,已经不只是个接受治疗的地方,一个充满了穿白大褂的理疗师和医生的"医疗机构"。这里有医生,有穿着白大褂的人们,有长长的走廊和冰凉的大理石墙壁,但在这一切之外,还有其他一些东西。它有效率,更有灵魂;有科学那理性的精确性,更有人性真挚的温暖。那些穿着冰冷的白袍子的人们都有着温暖的心灵,在他们的工作中,一颗温暖的心便是无价之宝。这与他们的医术同样重要。因为他们从事的并不是一份普通的简单的工作,他们面对的也不是常规的病人。他们不仅仅是给"病人"看病的"医生",还是一群对于那些身处极大困境之中的人们怀着深沉而真挚的关切的人,而这些人遭遇的麻烦,不仅仅是用"身体上的"就能概括的。

在治疗之外,我们需要的还有信心和善意,它们的重要性完全不亚于治疗。给我们带来困扰的不仅仅是肌肉和四肢——常常还有我们的精神世界,我们的内心比残疾的四肢更渴望得到关注。一个长着歪斜的嘴巴和痉挛的手的孩子,很容易轻易就形成对于人生和自我的扭曲认知,尤其如果成长过程中没有人帮助他理解这一切。如果和同龄的孩子相比,自己是"不正常"的这个观念在他们的脑海中生了根,这种想法就会一直伴随他们到青春期,直至成年。他们看待人生的方式就会和他们的身体一样扭曲。人生就仅仅成了他们残疾的身体和痛苦精神的投射。

但在诊所里,一切都不同了。在这里,我们可以说是身处"同类之中"。我们身边的人都患有相似的甚至更严重的身体残疾,于是我们便不再显得那么"与众不同"。从最初认为自己是被抛弃者,是别人的负担,慢慢地我们会发现,有人可以理解我们,有人投入他们毕生的精力来帮助我们,让我们获得对自身的理解,从而最终使我们的苦难人生绽放出光彩。

伯尼是来诊所接受治疗的孩子中的一个,也是我最喜欢的一个,我们所有人对她都喜爱极了。如果要说诊所能对那些"毫无希望"的孩子做些什么,她就是一个极好的例子。

她是最早来到诊所接受治疗的病人之一。我第一次见到她时,她只有两岁。每天早晨我们都坐同一班救护车来到诊所,我还记得当时的她是个多么可怜的小东西。我常常望着她躺在我面前的担架上。能看到的就只有她的眼睛,长在一张极其小巧的脸上。她长得太小了,以至于那双眼睛成了她身上最醒目的地方。她躺在那里,一动不动,似乎没有温度和生命的迹象,只是一团僵硬的、蜷缩成一团的东西,对周围的一切都没有反应——除了那双眼睛,只有它们还说明这是个小生命。她裹在毯子里,像极了小孩的玩偶。

慢慢地,她开始显示出更多生命的迹象,对身边的一切也开始产生更多的兴趣,像慢慢地"解冻"了。

第十四章 自豪，而非怜悯

这是在她接受了一些有针对性的专门训练之后。如今，伯尼已经是诊所里最有活力的病人之一，也是诊所的成功案例。在她的理疗师亨德森小姐的悉心教导下，伯尼已经从看上去只是一团死气沉沉的衣服，或一块纹丝不动的木头，变成了一个充满活力的、漂亮的小生命，她开始喋喋不休地讲话、咯咯地笑。亨德森小姐总说她是个"甜言蜜语的小丫头"。

伯尼在诊所里最大的竞争对手是多萝西。如果同时观察她俩，就会发现她们在训练中总是努力要胜过另一个，这比看哑剧要有趣多了。

多萝西是个非常重要的小女孩，她也非常迷人。最初来诊所时，她的状况几乎是最糟糕的，但现在已经改善了许多，刚开始治疗时见过她的人，现在几乎完全认不出这是同一个女孩了。

最初，她很难坐起来。她的背塌着，肩膀耷拉着，脑袋总是从一边倒到另一边，像被风吹弯的雏菊。她想试着在地上爬，但手和脚总是无法支撑起身体，于是就会脸朝下滚倒在地上。

随着时间推移，她也在循序渐进地学习着。首先是放松地在毯子上伸展全身，然后是调整坐姿，最后是以最少的支撑试着站起来。

接下来需要解决的是走路问题。为此她必须穿一套特制的木质"雪橇"装备,来给她的手提供支撑力,帮她的脚确定迈步的位置,并且从整体上改善她的站姿。

现在多萝西已经能够手脚并用地完全依靠自己移动,甚至还能摇摇晃晃地走上几步。她大概是最迷人的一个小孩,水汪汪的棕色的大眼睛,黑色的卷发披散开来,当她羞涩又有感染力地笑起来的时候,小小的扁平鼻子总是会皱在一起。

多萝西也有潜力成为一名理疗师。她思维敏捷,学习能力强。在诊所的这些年,她见过足够多的理疗师,于是迫切地想向工作人员展示,在这方面她也可以做些什么。她喜欢爬到比她小的孩子躺着的地方,蹲在他们身旁,指导他们"训练",不带半点迟疑。如果这个可怜的小孩子的表现没有达到我们这位小姐的要求,她还会以一种奇怪的方式拍打他一两下。

有时候,多萝西就过于野心勃勃了。她蹒跚着穿过房间,甚至要指导我训练。当她给我下指令,让我"弯腿""吸紧肚子"以及"坐下"的时候,我就很恼火,并不作出反应,只是冲她咧嘴笑。

在诊所的最后两年,我的状况也改善了很多。我学习的第一件事是放松自己。这听起来似乎很容易,但却是早课中最艰难的部分。放松并不意味着在床上或地板上躺下,像块木头那样一动不动;没这么简单。彻底的放松,即使是正常人也很难做到。要完全放松你的肌肉,让它们像被打湿的纸一样耷拉着,这首先要放松你的大脑,让思想自由驰骋,不加以任何有意识的引导,也不让它前往任何明确的地方。对我来说这几乎是不可能的。我的思维非常活跃。只有当我睡着的时候,它才会放松下来。而我还常常睡不好!即使当我成功地让四肢静止下来,这也不意味着我放松了——我在刻意地让它们保持静止,因而四肢都陷入一种紧张。看上去放松是容易的,而真正感到放松却不是这么容易。强迫自己进入放松状态是最糟糕的事情,因为这样只会让身体的紧张感升级,离真正的放松越来越远。我对周围的环境总是极度的敏感:声音、光影的变幻、身边的人流露出的某种表情,以及语调的变化。它们像投入湖中的鹅卵石一样清晰地在我的脑海里留下痕迹。

直到我能彻底地放松,我才使自己确信我完成了其他人在同样的指导下做不到的事情。现在,在诊所目前的负责人玛丽·欧唐内医生,以及这里的三位理疗师之一芭芭拉·艾伦小姐的专业指导下,我已经进入了学习行走的阶段,我穿着特制的雪橇装备,和当时小多萝西穿的一样,只是尺寸大了许多，此外我还在练习更多地使用我的双手。

诊所里最老的成员，它的"所长"，是弗朗西丝·普林斯夫人。在诊所的未来还十分不明朗时，她就来到了这里，从那时起她就陪伴着我们。有她在的时候，我什么都躲不掉，而逃避是我在一些糟糕的早晨常有的心态。当我坐在桌子旁，她总是能给我找出一堆活计，比如用橡皮泥捏出一些形状——结果我捏的那些你挤破了脑袋也想不出像什么！——把哑铃从一只手放到另一只手里，如此之类的手上的练习。

在我和其他人的日常交往中，语言往往是最大的障碍。这也是残疾给我带来的最深切的痛苦。语言的被剥夺会让人彻底陷入迷茫和孤独，他想说的话不计其数，却一句也说不出。写作当然是有益的，但总有些情绪无法通过文字传达，无法仅仅通过文字被"感知"。文字也许是不朽的，但它不能像声音那样缩短两个人之间的距离。唉，比起写一部全世界最伟大的书，我宁愿和好朋友进行一小时的激烈争论，或是和一个女孩有片刻的温柔絮语。

而现在，我已经能够多说出一些话，少一些咕哝。即使咕哝的声音也变得清晰了些，也更有尊严了些。这都得益于我从诊所的语言治疗师帕特丽夏·希琳医生那里接受的特殊训练。

第十四章 自豪，而非怜悯

必须承认，最初开始接受这项治疗的时候，我是有些怀疑的。它有个很厉害的名字，"语言康复治疗"，然而治疗的方式过于简单，以至于我觉得任何人都能想出来。它看起来就像是小孩的游戏。

而我实在是大错特错！治疗的方法确实简单——这正是治疗的要义，而结果却是显著的。我上的第一堂课是学习正确地深呼吸。希琳医生说我不知怎么养成了急促呼吸的习惯。这是不对的，她说。只有当我学会控制自己的呼吸，才能学会说话。

接着她就开始着手我的治疗。我上的第一堂呼吸课是——吹泡泡！一天上午，她带来一个装满了肥皂水的小盒子，从口袋里掏出一个小小的带把手的金属圈，接着在水里蘸了蘸，让我吹走金属圈里的那层水泡。我看着她，以为她在开玩笑。但她看起来很严肃，于是我就吸了口气，咧开嘴吹起来。霎时间，一大群五光十色的泡泡从各个角度向我飞来。一只落在我的鼻子上破掉了，还有一只落在我的眼睛上，而希琳医生的头发上则缀满了亮晶晶的水泡！我哼哼着"我永远都要吹泡泡"。

很快训练变得不那么容易。我和另一位成年的患者、我的朋友约翰一起，学习用一种特别的方式深长地呼吸，增加呼吸的频次。这包括用一根管子把水从一个瓶子吹到另一个。

两个瓶子都是密封的,一根橡胶管从一个瓶子伸进另一个,管子的两端都连着一个插进软木塞的小玻璃管。其中一个瓶子里装满有颜色的水,而我则要通过吸管把水从满的瓶子吹进空瓶里,直到空瓶被填满。

这听起来很简单,操作起来却非常困难。就像是古老童话里的大灰狼,我不停地吹啊吹,脸涨得通红,但只有少得可怜的几滴水滴进了空瓶里。接下来换了约翰,他只用了几秒钟,就把水全吹进了另一个瓶子里,约翰有一对一流的肺,而我则对自己失望极了。过了些时日,我在吹水这个训练上有了些起色,虽然和约翰比还是差远了。

几个月过后,我发现自己说话的能力有了显著提高:我更加谨慎地确保每个词都能慢慢地、清晰地讲出来,确保我想说的话都能镇定地说出来,而不像过去那样慌里慌张。现在,只要我足够从容,遇到说不清的词不再慌张,我就能把话非常顺畅地讲出来。从根本上说,我的语言障碍是由我自己的认知导致的。只要我克服了那种接近于羞耻感的焦灼和慌张,那种一旦有人想和我交流,我的脸霎时就会涨得通红的紧张感,我就能从根源上解决自己的语言问题。

如今我已经能更加自信、更不经意地讲话。我也清楚,除非我能让别人明白我在说什么,否则不可能过上正常的、健康的社交生活。为了实现这个愿望,我必须更努力,花更多时间练习。这并不容易,我也知道不可能奢求完美,比如说流利到去BBC①工作,但在希琳医生的帮助下我所取得的进步似乎表明,只要我付出足够的努力,这也并非不可能。当然我会去尝试的。

  诊所的工作人员都给予我极大的耐心,因为我无论如何都算不上是"模范"病人。亨德森小姐说我可以说是很懒了,我对自己的训练不够认真。我本想反驳她,但我又不能,因为她说的是真的。从很多角度来看,我都算不上努力,至少不像我所声称的那样努力。这并不是因为我没有足够地重视和严肃对待我的治疗,毕竟我知道每天上午在诊所的这几个小时,是我一天中最重要的部分。我只是在某些方面有些懒惰,如果有人更深入地观察,也许会发现这和我过去的那支笔有很大关系……

  诊所的孩子都很快乐,无论是那些躺在地上扭动、在空中踢着脚的小孩子,还是那些在房间里追逐打闹、不时地滚作一团的大孩子。接送他们往返于诊所的都是些志愿者,他们开着自己的私家车,每周两到三天,有时是从周一到周五每天接送他们。孩子们在家里期盼着接他们去诊所的车子,他们和司机之间慢

---

① BBC,British Broadcasting Corporation 的缩写,意为英国广播公司。

慢就结下了深厚的感情,令人十分感动。每到中午,当司机来接他们回家,能走路的孩子就都挤在他——或是她——的身旁,兴奋地谈论着上午的课程;而那些不能走动的孩子就躺在地上,踢着腿,高兴地叫喊着。每个孩子都爱极了到诊所来,因为在这里他们不只是接受治疗——只是治疗并不够——他们还获得了共情和理解,这才是他们更加需要的。理解比几句善意的话更能对他们产生影响,而共情,并不是怜悯。

诊所职员里的几位女士——玛丽·欧唐内医生、帕特丽夏·希琳医生、弗朗西丝·普林斯夫人、多萝西·亨德森小姐、芭芭拉·艾伦小姐、乔伊斯·麦克罗伊小姐,还有教师尤娜·肯尼迪小姐——她们都出色地完成着并一直坚守着自己的工作,她们的专业技能以及智慧都不需要我多余的称赞。她们总是传递着善意和理解,尽管有时,当孩子们懒散、不专心的时候,她们有必要严厉一些,但这种严厉从不会变成冷酷。无论她们多么严格,当她们的目光落到身下一个个的孩子头顶之时,人们总可以从她们的脸上、从她们眼睛里看到一束光。因为从来到诊所的那一刻,这种精神就包裹着我们,这种精神让这里焕发活力,像暖流一样流过每一个角落,它从一双眼睛传递到另一双眼睛,从一颗心灵流淌进另一颗心灵,那就是:自豪,而非怜悯。

第十五章
陈词滥调和恺撒

随着时间推移,我从罗伯特·科利斯那里学到了越来越多的关于写作的东西。他在相当短的时间内就教给了我太多的东西,以至于一连数日我都感到眩晕,这就像一个人突然打开一只盛满珠宝的百宝箱,为其中的光芒而感到晕眩。他会在我的小书房坐下,然后开始给我讲关于写作的知识,他从不使用任何宏大的词句,也不介绍任何抽象的理论。他有要传授给我的知识,希望我明白的东西,于是迫不及待地要用最清晰、平实的语言教给我。

对我们来说,顺畅地讨论问题依然很困难。因为这时我还不能自如地和家人以外的任何人说话,我总是很不自然,因窘迫而涨红了脸。时至今日,我还是很自闭,于是他就承担了所有说的部分,而我只是听着。

慢慢地,我开始对文学的广阔世界有了一些了解——它的形式和标准,它的要领和惯例,它的微妙与独特之处,而在这一切之上的,是它的沉静、它的美,和它令人迷恋之处。我把文学看作一个由人类的想法和理念建筑的庙宇,这里有各式各样的思想:从卑微的到伟大的;从简单的记录者到历史学家再到伟大的思想者;从那些只用头脑写作的人到用心灵、用独一无二的灵魂写作的人。

从科利斯这里学到的一切让我明白了自己过去所犯的错误。然而科利斯先生很耐心,只要有时间,他就会到我这里来,有时候一周两次,有时甚至来三次。他教给我一些技巧,却不是机械的;他是个好的评论家,并不会因为我的处境弱化他批评的视角。但他信任我,相信我可以成为一个作家,他给予了我我所需要的信心。

很快我就开始写第二版的自传,依然是口述。现在执笔的是弗朗西斯,我的一个十三岁的弟弟。和埃蒙或肖恩不同的是,他们只是像一对写作的机器一样记录下我说的,从不思考,而弗朗西斯会思考他写的内容。每当我们写完当天的内容,常常是在晚上,他会安静地坐下来,通读一遍他帮我写下的内容。他有时会问我一些关于语法、结构以及词义之类的问题,这些问题我常常很难回答。一天晚上,我问他,对于我

们刚写完的这一章他怎么看。他想了一会儿,手指摆弄着笔,然后抬头,郑重地说:

"没什么问题,只是阅读的时候,你怕是需要在旁边准备一本词典!"

我差点想拿桌子砸他,但他坐在那里,脸上没有一丝笑容,双手平静地叠放在大腿上。我很恼怒,但我知道他说的也许有道理。

第二次写作的尝试比第一次要好得多。主题更加清晰了,结构也更有条理和逻辑,背后的思想也更成熟了。有那么一会儿,我希望这次成功了,但科利斯医生还是摇了摇头。

"比之前好多了,"他说,"但还不够好。你还是太文绉绉了。"

的确。我的文风依然浮夸,充满了毫无必要的戏剧性。我的很多表述是错误的,而且总是喜欢随意发散,谈论一些和作品毫无关系的事情。

"扔了它,重新来,"他说,"这次你一定行的,我相信。我们在写作的时候总是要不断地推翻重来,甚至一度会陷入绝望,直到把它写好——第三次总会预示着好运的。"

当我望着那一大堆没用的草稿陷入沉思时,我强装出笑容,但却在心里暗暗地生气。难道我永远都写不好了吗?

"还有一点,克里斯蒂,"一天晚上,他说,"你用了太多陈词滥调(clichés)。你知道什么是陈词滥调吗?"

我不知道;这听起来像是某种不知名的动物或虫子。接着我就明白了这是说"人人都在说的事情",一种老生常谈的论调,在书中或是日常的对话中频繁使用而变得空洞、华丽的词句,由于被反复言说而变得陈腐、失去了最初的含义的那些东西。

当我明白了这些,我立刻陷入了一种可怕的负罪感。也就在昨天,我还坐在"熊熊燃烧的炉火"旁;我听到"尖叫的狂风";我"在悬念中饱受煎熬";我看到她"明亮的眼睛,饱满、诱人的嘴唇,天鹅般的脖颈,游丝般飘逸的秀发",我有如"骨鲠在喉";有人"破口大骂"!

回头看自己的草稿,我写了太多的陈词滥调,用得太过频繁,算下来大概不下几百次。

我还发现自己尤其喜欢成段的华丽辞藻。它们时不时就会冒出来,像是被丢进水里的软木塞。和陈词滥调一样,我无法克制这样写的冲动。当时的我像极了反舌鸟,特别喜欢模仿别人。

两年前的一个十二月的晚上,科利斯医生来到我的书房,坐在对面的椅子上。他有一会儿没说话,只是坐在那里,在炉火旁烤着手。然后他把椅子往远处挪了挪,抬起头。

"克里斯蒂,"他说,"我在考虑你的未来。你有创作的才华。问题在于怎样才能让它得到最好的发展。你接受过多少教育?"

我的教育!几乎为零!我最初也是唯一接受过的一点教育,是五岁时跟着母亲学习字母表。那之后我就尽可能地自学,教自己读书——主要是狄更斯!——我的所有知识都来自那里。教育!这个词令我战栗,因为我知道,或者说我感觉到,自童年和少年时期以来,我其实什么都没有学到。在我开始了解什么是知识之前,我还有漫长的路要走。

"没多少。"我说。

"我了解了,"他说,"教育是极其宝贵的。就你的情况来看,它尤其关键。"

他又陷入了沉默。他的脚轻踢着壁炉上的瓷砖,一只手拽着马甲上的一颗纽扣。我等待着。

"你不能正常地去学校或大学里读书,"他继续说,"那最好的办法就是给你找一位家庭教师。他需要对人性有透彻的了解,又足够聪慧,可以忽略你身体上的异常和语言能力障碍。我会请马洛邦街道基金会出钱资助。"

几天之后,他来告诉我说,在卡翠欧娜·马圭尔的帮助下,他找到了理想的人来教我。他是卡梅吉的一个公立大学的硕士,而且住得离我家很近。

"你们会相处得很好的,"他说,"他是那种任何孩子都梦寐以求的老师。"

第二天晚上,一位教堂的牧师,马兰神父,和我的新家庭教师一起来了,并向他介绍了我。门打开的时候,我正坐在窗边读一本雅克·马利坦的书,母亲带着牧师和一位陌生人走了进来。

"克里斯蒂,这位是格思里先生。"马兰神父说。

我抬起头,站在我面前的是一位矮壮的、神情活泼的男人,中年的样子,长着一双热切的蓝眼睛和富有幽默感的嘴巴。我注意到他所有的行动以及小手势都非常精确和谨慎,他弓形的眉毛极富表现力。他的整张脸上都似乎透露着一种敏锐的才智以及更为深切的同情。第一面见到他,我就感觉到了他性格中的那种力量和吸引力,立刻就喜欢上了他。

"你好,克里斯蒂,"他的声音低沉、浑厚,他走上前来,和我握手,"很高兴见到你,希望从此以后我们就是朋友了。"

的确如此。格思里先生立刻就展现了他过人的才能,他能够淡定、从容,并且非常自信地打破所有天然的障碍。我们之间的关系友好、实在、平和。他给我的感觉,就像我们是一个艰巨任务中的同伴。他带领着我前进。

他一周来两次,通常是在周一和周三的晚上,每次课程大概两个小时,有时会更久。第一个月我完全跟不上进度。在他面前我感到很不自在,每当要回答他的问题时,我都痛苦地意识到自己语言上的障碍。但一段时间之后,最初的这种不适感开始得到缓解,我们都适应了对方,学习的进程也在加速。事实上,有时我可以完全自如地讲话,甚至一度非常健谈。晚上的正式课程结束之后,他还会继续待一会儿,我们讨论很多问题,比如伯特兰·罗素的哲学,汤普森和罗素的诗,或者心理分析学之类的。就这样,在常规的课程之外,我还学到了很多东西。这些谈话也让我的表达变得清晰和自信了很多。

刚开始学数学的时候,我还不会写数字,于是只得又叫肖恩来帮忙,因为弗朗西斯为了帮我写一个新版本的自传,已经有够多的事情要忙了。而且肖恩在学校里就相当擅长数学,在算术和代数方面,他都给了我很大帮助——已经不只是帮助这么简单,事实上,我很快就意识到,所有的"苦活儿"都是他帮我干的,比如核心的计算,而我只是检查一下答案!我也尝试过从这些方程式、复利、概率和百分比中发现些乐趣,但它们只会让我头疼和烦躁。尽管如此,我还是一点点在学,哪怕我是那么的讨厌数字。

有趣的是,当我开始接触几何的时候,我发现自己很感兴趣。我几乎是沉醉于那些关于角、三角形、平行四边形、面积、长方形等等的定理及解题之中。我也不明白自己为什么只喜欢数学的这部分而对其他的都憎恶万分。总之事实就是,我对几何抱有极大的兴趣,在这上面花时间让我感到分外的满足。

接着是拉丁语,我立刻就爱上了它。这种语言的优雅和美感、表达的简洁流畅以及语义的精微都让我迷恋。经过了第一年的入门之后,我就开始通过高卢战争①了解恺撒大帝,这部分非常枯燥,但也十分有趣。

我阅读的内容也更贴近当代,范围也更广了。两年前,希拉要去美国结婚,她走之前送给我一整套非常漂亮的莎士比亚全集,这也是我如今最珍爱的藏品。我还记得在她离开诊所的那天上午,她让我为她背诵哈姆莱特那段令人心碎的独白,"生存还是毁灭"。我在背的时候,所有的孩子都围着我们喊叫和大笑。她就坐在我面前,一缕阳光照在她手上的订婚戒指上,光芒耀眼。

---

① 高卢战争,由恺撒发动的一场征服高卢的战争。从公元前58年开始,到公元前51年结束,战争的结果是高卢被纳入了罗马共和国的版图。

发现莎士比亚之美给我带来的几乎是一种生理上的愉悦。常常在读到他的一部戏剧中间,我就会停下来,屏气凝神,惊叹于他那令人难以置信的想象力和完美的推理能力。他的情感是那么具有共通性和普适应,又是那么独具一格。他那罕见的思想之美以及高超的表达艺术令我叹为观止。他似乎能把人们的内心解剖开,一一呈现在日光下,展示给世上所有的眼睛。在我看来,他对人心的揭示几乎是空前绝后的。

接下来我开始读萧伯纳。如果说和莎士比亚的相遇就像是来自天国的一阵微风,那么遇到萧伯纳,就仿佛邂逅一阵自三月的海上吹来的清新的风。我喜欢他的风趣以及略带尖刻的幽默感,即使他的逻辑有时候看起来并不是很成立。很快我就全身心地爱上了他。他那里似乎有给每个人的答案。也许他是人们口中的无神论者,但他太急着想让别人相信无神论,自己反而并没有对此深信不疑。也许他的内心存有某种信仰,至少是对信仰的渴望,只是隐藏在了外表的傲慢之下。我不确定,因为他的内心世界对我来说太过幽微,但读他的戏剧,就仿佛在海边晨跑,对我来说就是一场轻松的、激励人心的运动。

有时,在夜晚,当我在自己的书房里坐下,本应读点恺撒或解几道算术、几何题,但我会突然停住,脑海里浮现出所有我遇到过的女孩，所有我本应与之跳舞甚至做爱的女孩，就像我的哥哥彼得或帕蒂那样。这时，让我坐在椅子上阅读，或试着去读恺撒在高卢的战役、中世纪的历史，或是莎士比亚，并不是容易的事。我始终为一种内心的痛苦煎熬着。我只有二十岁，我渴望书本以外的陪伴。我深知书籍的吸引力和危险性，我渴望逃离这种危险，逃离不停阅读的魔咒和黑魔法。在这些时刻，我丝毫不关心自己是否变得博学，不关心写作。我只想去体验在春天的清晨爬山的快乐，或是在下过雨的街道上，伴着月光，和我身旁美丽的女孩一起散步回家的欣喜。

我记得一天晚上，我感到格外的孤独。彼得和帕蒂出去和朋友们玩，我嫉妒极了。我一个人待在那里，没有心情读书。有那么一会儿我什么都没做，只是消沉地坐着。弗朗西斯来帮我做口述，他坐下，掏出笔等着。我知道自己应该有什么要说、要表达，但却一个字也说不出来。我绞尽脑汁，但没有用，所有出现的词都是错误的、混乱的。我低头看自己的双手，它们和过去一样没用。这时，我突然想到了自己的左脚。

"滚出去，弗朗西斯。"我大喊。

可怜的弗朗西斯看着我，几乎要哭出来了。

"快点，"我说，"滚——"

他起身，像一只受惊的兔子回头看了我一眼，仓皇地逃出了房间。我把自己丢到床上,脱掉左脚上的鞋子,用另一只脚蹭掉袜子,拿前两根脚趾夹起一支铅笔就写了起来。

我写啊写,一刻都没有停,几个小时过去了,我完全忘记了周围的一切。我像变了一个人。不再难过。不再感到沮丧或孤独。我自由了,我能够思考,能生活,能创作……突然门开了,医生走了进来。我停住,把左脚藏在身下,想努力对他挤出一个微笑,说点"晚上真冷啊"之类的话。他看起来并没有注意到什么,只是坐在炉火旁,谈论起那些平常的事情。过了一会儿,话题转换到了书上。

"所以你只能召唤回你的左脚了。"他说。我难为情地把左脚从身下挪出来。"我不知道你还要依赖它多久,"他说,"口述对你来说是不够的,对吗?我理解,我们不要告诉艾丽妮·科利斯。但是尽量不要用它,除非你觉得非用不可了。"

我松了一口气,平静了下来,无论如何,我还是可以偶尔做回自己。哪怕我永远体会不到跳舞的乐趣,至少我还能感受创作带来的狂喜。

第十六章
献给她的红玫瑰

伯尔·艾夫斯①在都柏林的演唱会将永远成为我人生中最激动人心的记忆之一。这次演唱会格外的不同寻常。在科利斯医生特殊的家庭中——如今我也是其中一员——有一个匈牙利-斯洛伐克的孩子,是医生在贝尔森②收养的。他有着深色的头发,深色的皮肤和一双灵动的眼睛。医生发现他的时候,他已经十分虚弱,而最近他的肺病又复发了,必须去伦敦的胸科医院做一场大手术。伯尔·艾夫斯在都柏林时就见过他,对他喜爱极了,现在艾夫斯经常到胸科医院去给这个孩

---

① 伯尔·艾夫斯(Burl Ives,1909—1995),美国民谣歌手,演员。1955年出演百老汇《热铁皮屋顶上的猫》一剧中的角色获得成功,1958年凭借《锦绣大地》获得奥斯卡最佳配角奖。
② 贝尔森,纳粹德国的贝尔根·贝尔森集中营。

子以及病房里的其他人唱民谣。

一天下午,科利斯医生正在伦敦,在就这个孩子的病情咨询克莱门特·普莱斯·托马斯爵士①,此时他还处在康复阶段,他的半个左肺已经切除了。科利斯医生和爵士一起来到病房,这里正进行着一场热烈的演唱会。伯尔·艾夫斯和大家一起唱歌、欢笑。这时科利斯医生突然想到一个主意,他想请艾夫斯在都柏林办一场演唱会,作为对脑性瘫痪患者的援助。伯尔·艾夫斯欣然同意了。

回到都柏林之后,科利斯医生来看我,告诉了我这一切。

"我的具体想法是,"他说,"由伯尔·艾夫斯演唱,我会为脑性瘫痪患者做出呼吁。但如果由你来做,将会更切题。"

"我,"我说,"怎么做……?"

"用你的脚。"他说。

"我的脚。"我说。

他笑了。"现在你已经写完了第一章,关于字母 A 和你的母亲。"他说,"如果到时候我能朗读你的作品,大家会对脑性瘫痪产生更多内在的了解,这比我对着他们演讲一个小时要更有效果。但你必须和我一起上台,坐在我旁边,这样大家就

---

① 克莱门特·普莱斯·托马斯爵士,(Sir Clement Price Thomas,1893—1973),威尔士著名的胸外科医生,曾成功地为乔治六世进行肺部手术。

知道我读的是你的作品,而不是我写的。"

我思考了一会儿。我的脑海里浮现了这样的画面,在我面前的是无数观众,上千张脸都在抬头看着我,陌生的脸,写满疑问的脸和注视的目光。他们看到我怪异的举动,扭曲的双手,歪斜的嘴巴。我犹豫了。科利斯医生微微侧着头,他读懂了我的想法。

"你愿意吗?"他说。

"可以。"我说,"我可以,当然——"

但我心里害怕极了。

活动在飞速地推进着。这次演出将由爱尔兰-美国联合会资助,邀请了很多名人参加。地点设在格雷舍姆酒店的阿伯丁宴会厅,这是个可以容纳五百多人的华丽场地。接着开始放票,媒体发出了通告,著名的专栏作家进行了采访。消息传遍了整个城市,我的家里简直沸腾了,每个人都说要去听伯尔·艾夫斯的演唱。母亲还说她想听科利斯医生读我的作品。在我看来,如果所有的家人和朋友都能拿到免费的门票,他们大概可以把整个宴会厅填满,就没有位置留给为脑瘫而来的听众了!激烈的讨论持续了许多天。当然,父母是一定要去的。然后佩吉说她一定要坐在我旁边。那把她也算进来。莫娜和她的丈夫说他们会去买票。托尼、彼得、帕蒂、吉姆、埃蒙、肖恩、弗朗西斯还有丹尼说,如果不是为了听我的演讲,他们是不会买票的!莉莉和安都没有得到机会表达她们的意见,但无论如何,她们也是要被算进来的。接下来的问题是,我们要怎样在周日的下午从克拉姆林①到市中心的奥康奈尔街去,我又怎样进入到格雷舍姆酒店里,这家酒店的大堂总是充满了人。莫娜说:"我们怕是要租一辆克罗斯-朗普尔-埃里安②公交车。"

而最后,是我们家的一位朋友——席德·马科奥,主动承担了我们这个颇具规模的布朗家族的交通。他有一辆巨型美式出租车。

罗比·科利斯,科利斯医生的儿子,是个高个子、浅色头发、身体强壮的医学生。他会从酒店的后门把我送进去,让我在活动开始前就座。

这一天到来了。整个上午,我们家都像是周六晚上的酒吧一样热闹,大家跌跌撞撞的,所有人都在同时讲话。母亲从朋友那里借来了一件羊毛大衣,正在试穿。"我看上去怎么样?"她站在厨房的中央,摆着不同的姿势问道。

说话声戛然而止,我们都扭头,看向眼前的模特。没有人

---

① 克拉姆林,都柏林南部的郊区。
② 克罗斯-朗普尔-埃里安,爱尔兰法定交通运输机构。

作声。我们都不想对这个尴尬的问题表态。终于,彼得又拿起他的报纸,低垂着目光,漫不经心地说了句:

"昨晚我看到一只熊从动物园逃了出来……"

母亲并不屑于把他的话放心上,她取出了自己的英伦帽,在镜子前戴上。莫娜建议她搽点粉、涂上口红,但母亲说她可不想中毒。

父亲也大变了样。他拿来一套新西装和一顶古怪的帽子,看上去是介于软毡帽和圆顶硬礼帽之间的样式。有了这身行头,他看起来时髦极了。那顶帽子他戴着刚好合适。

接着他们就开始给我穿晚礼服,是从外面租来的,我竟然毫不知情。不管我怎么抗议,彼得和托尼还是坚持把我塞了进去。他们说:"要看起来得体一点。"

出租车准时到了,我们出发的样子像极了乘着双驾马车的皇室家庭。然而车上最多只能挤进去六个人,其他人就只能坐公交车过去:兄弟姐妹们、妯娌连襟、外甥内侄——大概有十八九个人,还没算上一大群朋友以及其他的亲戚。当他们挽着胳膊走到街上,浩浩荡荡就像是游行的队伍一般。

我们先开到了科利斯医生的家里,罗比在那里挤上车,他只能坐在别人的腿上,也可能是别人坐在了他腿上,我记不清了。

最终，我们来到了酒店。其他人先在酒店正门下车，然后车子载着我绕到了酒店背面。我以为自己很重，但罗比·科利斯只弯腰就把我抱了起来，连口气都没喘就把我送进了酒店。表演还没开始，帷幕低垂着。我坐在一张椅子上，身旁是母亲、父亲、佩吉、托尼，还有他的妻子希拉。帷幕外传来人们落座说话的声音和脚步声。我知道大厅里一定有很多人，帷幕随时都会升起。我的心提到了嗓子眼。到场的人比售出的票要多得多，很多人从我们身后的舞台背面挤进来。我环顾四周，发现自己被安排在了舞台的右侧，中间的位置留了出来，那里有三四张椅子，现在爱尔兰-美国联合会主席、电影导演约翰·赫斯顿先生，还有科利斯医生坐了上去。正后方还有一位光彩照人的女士，我猜一定是位电影明星，此外还有一大群我不认识的人。

舞台一侧的小门内，有什么格外醒目地吸引了我的目光。是一个人。但我第一眼望过去，只能看到亮晃晃的金色马甲和绿色的裤子。然后我看到了衣服的主人。之前从没见过体积这么庞大、这么光彩夺目的人。他不仅块头很大，个子也很高。大概有六英尺①高，二十多英石②重。他的满月形脸上挂

---

① 约合一米八以上。
② 约合一百二十七公斤以上。

着笑容,小眼睛,留着山羊胡子。他的肩膀上斜挎着一把吉他。眼前的这个人让我觉得不可思议,像是从童话里走出来的巨人,被簇拥在一群凡人中间。他就是伯尔·艾夫斯。

接着,帷幕升起,演出开始了。我抓住椅子的边缘,努力稳住身体。我只能看到一大片白晃晃的模糊的脸都在盯着我。我的身上时冷时热。我能感觉到自己的每一个不自觉的动作,无论是多么微小的动作,都会被无限放大而让我深受痛苦的折磨。那感觉仿佛只有我一个人在舞台上,一束亮光打到我身上;又好像我被放在了显微镜下,没有任何一个举动能逃得过检视。我感觉自己被一千双眼睛盯着,那种熟悉的慌张感在体内升腾着。

伯尔·艾夫斯开始演唱了。他有一副绝妙的嗓音,柔和又甜美,还带着一种幽默的转调,他的唱法巧妙又滑稽。我闭上眼睛听着他的歌声,几乎忘了我在舞台上的恐惧。

很快,当他唱到《蓝尾巴苍蝇》《青蛙先生去求爱》《祖母住的房子》时,我和大家一起笑起来。最后,他让每个人都和他一起唱。

"有个老婆婆,吞下了一只苍蝇。

我不知道是什么原因她会吞下一只苍蝇——

这可能会要了她的命……"

我意识到自己也和大家一起唱了起来。

我笑个不停,以至于忘记了其他的一切。突然,艾夫斯停下来,走下了舞台。几次返场之后他离开了。接着爱尔兰-美国联合会主席宣布,科利斯医生将代表脑性瘫痪协会发言。

科利斯医生起身走向麦克风。他面前的观众还沉浸在欢笑和愉悦的交谈中,想要吸引他们的注意力并不容易。

他从口袋里掏出我的书稿,放在面前的台子上。

"我没有准备演讲,"他说,"也不会发出呼吁。我将为大家朗读一段东西,向大家展示一个因脑性瘫痪而身体残疾的人的内心世界。这是克里斯蒂·布朗的自传的第一章——"他伸手指向我,"是他用左脚写的。"

接下来他开始朗读。前面几分钟,观众席里还充斥着各种声音,人们挪动脚步的声音,清嗓子的声音。我还看到一个人在读晨报。显然他只是来听一场音乐会,并不打算听什么残疾人的演讲。

但慢慢地,随着医生的朗诵,走动声和噪声都停止了;现场只剩下安静,近乎全然的静止。我低头看着台下的一张张脸,他们不再是疑惑的神情和端详的目光,而是充满了兴趣的、热切而友善的表情。人们似乎不再盯着我看,而是盯着医生,听他朗诵我的章节。人们在倾听……!

我依然很紧张,像电报线一样紧绷着,我坐在台上,一切都尽收眼底。然而过了一段时间,我也认真听起来,紧张感随之而去。我忘记了自己交错缠绕在大腿上的变形的双手。忘了自己歪斜的嘴巴和颤抖的脑袋。我只是在听……这一切是真实的吗?我和父母坐在无数的观众面前,听着一段关于我的童年的描写;我真的写过这些东西吗?它们当真是从我的脑子里蹦出来的吗?我想自己大概在做梦。

我听着……我记得那一天,十二月的那天,我第一次用左脚夹着一根黄色的粉笔头写下字母 A,母亲跪坐在我身旁,在厨房的木地板上,告诉我不要放弃……我记得我的兄弟们,那天,托尼在一片灌木丛后面帮我脱掉衣服,把吉姆那件巨大的泳衣套在我身上,然后把我丢进河道里,可怜的吉姆站在一旁大喊:"他会淹死的……我警告过你。"我还记得那个可怕的日子,当我意识到自己的一生都会身陷残疾,我陷入了深深的恐惧;还有那些画画的时光、那些孤独的夜晚,我躺在床上,彼得在黑暗里沉沉地打着呼噜……我记得卢尔德,以及石窟里闪烁的烛光……记得希拉来到诊所的那个十二月的清晨,她的浅发被风吹散,脸上挂着雨水……

突然,我意识到科利斯医生的声音中止了。大厅里一片寂静。我看到第一排有人在哭。我扭头看身旁的母亲,她坐得笔直,眼里闪着光芒。我看看父亲,他的双手绞着手里的帽子,正以一种新的眼光打量着我。依然是一片寂静。这时科利斯医生穿过舞台向我走来,他的手放在我的肩膀上,帮助我站起来。接着爆发出一阵欢呼声……欢呼声经久不息,像海浪一样淹没了我们。

突然,观众席里有人送上来一大束玫瑰。科利斯医生俯身接过它们。他走到母亲身旁,扬扬手,欢呼声停止了。

"我想大家会同意,"他对观众说,"我们现在要做的只有一件事——把红玫瑰献给布朗夫人!献给你,女士!"他说着,把花束献给母亲,并鞠了一躬。欢呼声再次响起。我看到大厅远处坐着一群我的兄弟们——吉姆、弗朗西斯、帕蒂、彼得和肖恩——他们疯狂地欢呼着、大喊着。

母亲接过花束的样子像极了国王的母亲,就好像她已经习惯了在生活中每天都会收到玫瑰。我感觉她的脸特别红,但不知是玫瑰还是羊毛大衣的缘故。站在母亲身旁的是父亲,他的肩膀耷拉着,秃顶的脑袋低垂着。母亲用胳膊夹着花束,我听到她的嘴角发出尖声的耳语:

"能不能站直了,帕蒂!"父亲挺直了身子,但是帽子掉了。

佩吉捡起帽子。接着伯尔·艾夫斯又走上来,他开始唱爱尔兰的民歌《她穿过集市》,还有他那一版的《西班牙女士》[①]。

现在我已经可以彻底放轻松,享受音乐。我很平静、快乐。我靠在椅子上,我的老朋友左脚和着音乐打起了拍子。

[①] 《西班牙女士》和《她穿过集市》都是爱尔兰传统民歌,版本众多。

Copyright © CHRISTY BROWN 1960
First published as My Left Foot by Harvill, an imprint of Vintage.
Vintage is part of the Penguin Random House group of companies.
This edition arranged through BIG APPLE AGENCY, LABUAN,
MALAYSIA.
Simplified Chinese edition copyright：
2020 ZHEJIANG LITERATURE AND ART PUBLISHING HOUSE
All rights reserved.
本书中文简体字版版权，浙江文艺出版社独家所有。
版权合同登记号：图字：11-2018-553 号

图书在版编目(CIP)数据

我的左脚/(爱尔兰)克里斯蒂·布朗著；李灿译.—杭州：浙江文艺出版社，2020.6
ISBN 978-7-5339-6053-7

Ⅰ.①我… Ⅱ.①克… ②李… Ⅲ.①自传体小说—爱尔兰—现代 Ⅳ.①I562.45

中国版本图书馆 CIP 数据核字(2020)第 040829 号

策划统筹：曹元勇
责任编辑：王丽荣
文字编辑：庄馨丽
封面设计：compus·汐和
责任印制：吴春娟

我的左脚

[爱尔兰]克里斯蒂·布朗著
李灿 译

出版	浙江文艺出版社
地址	杭州市体育场路 347 号 邮编：310006
网址	www.zjwycbs.cn
经销	浙江省新华书店集团有限公司
印刷	上海中华商务联合印刷有限公司
开本	850 毫米×1168 毫米 1/32
字数	105 千字
印张	6.125
插页	9
版次	2020 年 6 月第 1 版
印次	2020 年 6 月第 1 次印刷
书号	ISBN 978-7-5339-6053-7
定价	49.00 元(精装)

版权所有　侵权必究
(如有印、装质量问题，请寄承印单位调换)